U0584564

村上春树

하루키를 찾아가는 여행 旅

[韩]申成铉 著
蔺阳子 译

Finding Haruki

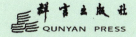

群言出版社
QUNYAN PRESS

图书在版编目（CIP）数据

村上春树·旅 /（韩）申成铉著；蔺阳子译 . -- 北京：群言出版社，2016.8（2024.10 重印）
ISBN 978-7-5193-0156-9

Ⅰ. ①村… Ⅱ. ①申… ②蔺… Ⅲ. ①随笔 – 作品集 – 韩国 – 现代 Ⅳ. ① I312.665

中国版本图书馆 CIP 数据核字 (2016) 第 178473 号
北京市版权局著作权合同登记号：图字 01-2024-4353 号

하루키를 찾아가는 여행 Finding Haruki
Copyright © 2014 by 신성현 申成鉉
All rights reserved.
Simple Chinese copyright © 2024 by China Pioneer Publishing Technology Co., Ltd
Simple Chinese language edition arranged with Nangman Panda Co.
through Eric Yang Agency Inc.

责任编辑：朱前前　孙平平
封面设计：吴黛君

出版发行：群言出版社
地　　址：北京市东城区东厂胡同北巷 1 号（100006）
网　　址：www.qypublish.com（官网书城）
电子信箱：qunyancbs@126.com
联系电话：010-65267783　65263836
法律顾问：北京法政安邦律师事务所
经　　销：全国新华书店

印　　刷：天津旭丰源印刷有限公司
版　　次：2017 年 1 月第 1 版
印　　次：2024 年 10 月第 6 次印刷
开　　本：620mm×889mm　　1/16
印　　张：16
字　　数：180 千字
书　　号：ISBN 978-7-5193-0156-9
定　　价：59.00 元

【版权所有，侵权必究】

如有印装质量问题，请与本社发行部联系调换，电话：010-65263836

目 录

序

Part 4 村上春树·东京漫步

Part 5 村上春树·冰雪世界

后 记

序

　　与村上先生的初识，是阅读他的第十部作品《海边的卡夫卡》。那时，我大四，在光化门附近的教保书店里，我被蓝色标志所吸引，不由自主地翻开了这本书。没读几页，我就买下了，然后熬了个通宵。从此，我深陷村上春树的世界，无法自拔。

　　因为同情少年卡夫卡与老人中田的人生经历，我一次次对暴力产生憎恨；但也是这些文字，让我一次次获得慰藉。毕业后，我一边工作，一边等待村上先生的新作。《天黑以后》让我再次兴奋起来。作为一个完美主义者，我决定把村上先生的作品悉数品读一遍。

　　作为一名骨灰级村上迷，我开始了解人们对村上作品的不同解读，从国会图书馆馆藏的论文，到对韩国读者来说比较陌生的国外采访，我都查阅过。同时，我还通过博客向公众传达有关村上先生的信息，自《1Q84》面世起，这一活动已经坚持了五个年头。

　　转眼，我参加工作已有七年。一成不变的职场生活让我感到心力交瘁，亟须换个心情，但我又拿不出继续学习的勇气。

想来想去，我决定来一场说走就走的旅行。我任性地辞掉了工作，背上行囊，带上陪伴我十年的村上作品，去寻找作品中的场景与片段。

我把这次旅程命名为〝B级旅行〞。一路上，无论是游客们津津乐道的大阪御好烧，还是美味无比的神户牛肉料理，我都没能一一品尝。不过这并不影响我的心情。旅行原本就该随心所欲、悠然自乐的。我深信，错过的风景，必然会在其他地方以新的方式遇见。

这次旅行耗时24天，我大致走访了阪神间、京都、兵库县、四国、东京、北海道等地，均为村上先生生活过，或在作品中提及的地方。即便如此，也无法诠释村上作品给予我的长久的感动。旅行结束后，我开始在博客中发帖，和众多喜爱村上先生的朋友分享自己的感悟。后来，就有了这本名为《村上春树·旅》的纪行。

我由衷地希望，能与此时此刻正在阅读本书的各位读者，共同分享这份沉甸甸的情感。

村上春树 生平

1949	1月12日出生于京都，父亲是一位教师。由于父亲工作的调动，早年的村上春树先后在西宫市、芦屋市生活，直到高中。
1968	从神户高中毕业后，通过复读，进入早稻田大学第一文学部电影表演专业学习。 5月，始于日本大学的"全共斗"学生运动爆发。
1971	与高桥阳子完婚。
1974	位于国分寺的"PETER CAT"爵士乐酒吧开张。
1975	经过七年，才从早稻田大学毕业。
1977	将酒吧搬至千驮谷。
1979	因作品《且听风吟》一举成名，荣获"群像新人奖"。
1980	发表作品《1973年的弹子球》。
1981	转让酒吧，开始职业作家生涯。
1982	发表《寻羊冒险记》，获得野间文艺新人奖。
1985	发表第四部小说《世界尽头与冷酷仙境》，获"谷崎润一郎"奖。
1986	开始三年的国外生活。

むらかみはるき

1999	发表《斯普特尼克恋人》;凭借《地下2》荣获桑原武夫学艺奖。
2001	美国"9·11"恐怖事件。
2002	发表小说《海边的卡夫卡》,被美国《时代》周刊评为年度最佳小说。
2004	发表《天黑以后》;同年被美国普林斯顿大学授予名誉博士学位。
2006	荣获法国弗朗茨·卡夫卡奖,弗兰克奥康纳国际短篇小说奖;凭借《海边的卡夫卡》一书,获得世界奇幻文学大奖。
2007	河合隼雄去世;获早稻田大学第一届"坪内奖"。
2008	父亲村上千秋离世。
2009	荣获得耶路撒冷文学奖、西班牙艺术文学勋章;同年,发表小说《1Q84》。
2011	6月,获西班牙加泰罗尼亚国际奖,在领奖台上发表了强烈反对核开发的演讲,引起热议。
2012	获小林秀雄奖,同年被夏威夷大学授予名誉博士(人文学)学位。
2013	发表《没有色彩的多崎作和他的巡礼之年》。《1Q84》荣获第七届雅典娜奖外国文学奖

2014 ● 对日本政府的核政策进行批判（接受荷兰，奥地利新闻媒体的采访时）；主要负责村上春树散文集插画工作的安西水丸逝世；获得美国塔夫茨大学（文学）名誉博士学位。

2015 ● 11月获得安徒生文学奖。

2016 ● 首部自传性作品《我的职业是小说家》在中国发售。

2017 ● 2月，出版长篇小说《刺杀骑士团长》；同年，与日本作家川上未映子的访谈录《猫头鹰在黄昏起飞》问世。

2018 ● 出版随笔《假如真有时光机》；11月，向母校早稻田大学捐赠书稿和个人藏品。

2019 ● 早稻田大学"村上图书馆"始建。

2020 ● 发表短篇小说集《第一人称单数》。

2021 ● 随笔集《弃猫》发行，首度回忆父亲和家族往事。

2022 ● 6月，获得2022年的法国"奇诺·德尔杜卡世界奖"。

2023 ● 时隔六年出版长篇小说新作《城市与其变幻不定的墙》；同年5月获得西班牙阿斯图里亚斯亲王奖文学奖。

Part
1

阪神少年　　村上春樹

出发当天，弟弟说要留个纪念，于是为我拍了一张照片。谁想，这张照片成了我此次旅行的主题。照片里，我手捧美国译本《挪威的森林》。当时我就暗下决定，一定要找到村上春树才算不虚此行。

三小时后，飞机抵达日本关西机场。我终于体会到了小说《挪威的森林》里40岁的主人公渡边抵达汉堡机场时的感受了。这是我第四次来日本，但不知为什么，总感觉空气中氤氲着些许陌生的气息。

换乘电车到市区前，我仔细研究了一下线路图，发现有一站很有趣，叫作"春木"，与"春树"字形不同，但日语发音一样。我顿时感觉好像真有一个特地为我而存在的"春树站"似的，旅途的疲劳一扫而光。一般来说，人们会选择乘坐机场快轨直接进入市区，但我为了一睹"春木站"的真容，决定中途下车。

在日语中，"春木"意为春天的树。此时的春木站，樱花烂漫，春意盎然，空气中飘荡着静谧的分子，和着花香，使人感到无比惬意。简单游览后，我乘车到了大阪市区，把行李安顿在事先预订的 IM 家庭旅馆里。

室友布里奇特是澳大利亚人，他来日本是为了学习语言。除了普通的寒暄，我们并没有深入的交流，因为他对村上春树不太了解。我有一点小小的失落。但这其实是再正常不过的事，不是吗？多少人朝夕相处都无话可谈，更何况是两个在旅途中偶然相遇的人呢？或者更乐观一些，相遇本身就是一种美好，再奢求别的，未免贪心了。

休息了一会儿，布里奇特跑去参加派对了，于是我便一个人了。我走出旅馆，沿着门前的小路信步走着。路上遇到了一家便宜的牛肉料理店，顺便解决了晚餐。随后，我又在日本著名的连锁二手书店 BOOK OFF 里淘到了日文原版的《海边的卡夫卡》和《村上收音机》，并在便利店买了牙膏、雨伞、罐装啤酒，以及第二天的早饭——虾肉饭团和绿茶。

回到旅馆，布里奇特还没有回来，屋里安静得仿佛只剩自己的呼吸。明天就要正式开始寻找村上春树的旅行了，我把行程又确认了一遍，为今天画上句号。

很快，我便进入梦乡了。

1 机场快线上的春木站

2 为『村上春树·旅』特意准备的名片

3 BOOK OFF 店里的『春树专架』

4 手持英文版《挪威的森林》，拍摄于登机前

01. 村上春树童年时光的记忆

 村上春树童年生活过的地方：阪神间

　　夜雨悄然打湿沉睡的路面，湿润的空气里夹杂着花草的芬芳，纯净得仿佛无人之境。起得早真是件美妙的事。不过这还多亏了布里奇特，他直到后半夜才回来，因此感冒了，咳了一夜。我有些担心他，给他买了感冒药。为了不辜负这难得的早起时光，我决定趁早出发。

　　在《边境·近境》一书中，有一篇名为《走去神户》的文章，我的行程便是按照作品中介绍的路线定的——从西宫出发，沿途探访村上先生童年及学生时代的足迹，最终到达神户，总长约15公里。之所以选择"阪神间"作为此行的第一站，除了路线上方便易走外，更重要的原因是这里最接近村上先生的早年生活。

　　在村上笔下，阪神间"作为从少年向青年过渡的地方，是很叫人心情愉快的"。 那里"安静、悠闲，有一种自由自在的气氛"，而且"依山傍海"。 阪神大地震后，房子被毁，一家人去了京都。从此，连接村上和阪神间的纽带，除了记忆别无他物。 这一事实令村上很失落，于是他决定好好走一走，"验证一下失去自然纽带的'故乡'在自己眼中是什么样子，从中查看自己的身影（或者说身影的影）呈何种状态"。

据《走去神户》介绍，村上春树是从芦屋出发的。 动身前，他看到车站张贴的棒球赛海报，于是心血来潮，跑去甲子园球场观看比赛（那天是星期日）。 第一天的行程便这样结束了，并在三宫住了一晚。 之后，他从阪急线上的芦屋川站出发，朝着三宫站开始了他的徒步旅行。 大阪和神户有 JR、阪神、阪急三条铁路线。 村上先生第一天是沿阪神铁路走的，第二天是沿阪急铁路走的。

我决定先去位置上比较靠近旅馆的甲子园球场，再沿着村上先生提到的路线走下去。

Tip

鹤桥站—甲子园站间的快速列车

鹤桥车站就在我留宿的旅馆附近，鹤桥和神户之间有阪神—难波线快速列车，可以快速便捷地到达甲子园车站。

●●●

最美丽的棒球场

FINDING
HARUKI

日本著名漫画家，
主要作品有《青
春甲子园》《棒
球英豪》《含羞
草》等。他力求
清新简练，笔下
的人物纯真质朴，
感情随心而动。
常使读者不自觉
地走进他的世界。

一直以来，甲子园都被人们奉为高校棒球文化的圣地。安达充的漫画传入韩国后，日语的"kousien"按照汉字的读音，直接被翻译成了"甲子园"。早上 9 点，高校棒球赛准时在这里开幕。由学生组成的啦啦队带着加油呐喊的道具，早早地就等在了球场入口。

我也走进了这个曾被村上先生盛赞过的球场，并在附近的纪念品商店里买了一枚印有"甲子园"标志的纪念棒球。

和多年前相比，甲子园球场的外观稍稍有些不同了，但不变的是它永恒的美丽。葱郁茂盛的爬墙植物将整个球场的外围包裹得严严实实，为球场平添了几分悠悠的、岁月的痕迹。整座城市是以球场为中心分布的，由此或可一窥日本人对棒球的喜爱程度之高。

　　出生在阪神地区的村上春树曾经是"阪神老虎"队的球迷。不过，由于大学时在东京求学，后来又经营了一家名为"PETER CAT"的爵士乐酒吧，他成为了"东京养乐多燕子"队的粉丝。据说，当年村上先生是在明治神宫球场的看台上观看了振奋人心的二垒打后，才决定开始创作小说的。不过有一点令人费解——在他的作品中很少见到棒球选手的身影。最近，听说村上春树被选为"东京养乐多燕子"队的名誉球迷，因此创作了一篇名为《奔赴球场，为主队加油》的文章，还投了稿，希望能被登载到球队的官方网站上。

　　逛完棒球场，我强力忍住观赛的欲望，立马向西宫站进发，因为村上先生在《走去神户》中提到，那里充满了他童年时代的诸多回忆。

• • •

开启"村上春树·旅"

FINDING
HARUKI

　　离开甲子园，我坐上了开往西宫的列车。

　　村上春树曾感慨，阪神大地震的伤痛似乎被高速的重建与发展所掩盖，故乡的山山水水已今非昔比，他所感受到的是一种迷失与惘然。

　　为了更好地追寻村上的足迹，我努力体味着他的内心独白。

　　穿过西宫车站南口的广场，过了马路，就能看到一条狭窄的商业街。时间还早，店铺大多还没有营业，街上有些冷清。

　　多年以前，这里尽是残垣断壁、满目疮痍，村上行走其间心如刀绞；多年以后，当村上回到故乡，这里已修缮一新，干净整洁，再看不到地震的痕迹与创伤。时间果然是最好的治愈良药。

　　穿过地铁站，我向西宫神社的方向走去。

清晨的西宫神社格外宁静，院内传来扫帚的"唰唰"声，以及老人之间的轻声问候，似乎谁都没有注意到我。

这里是村上春树与童年玩伴经常光顾的地方。他在作品《边境·近境》中曾提到，小时候常和小伙伴们在神社的石桥上钓毛虾玩。那座石桥在阪神大地震中被毁，如今已经修葺一新了，不过1998年村上故地重游时还没有修复，因此在他眼中，"剧烈破坏的痕迹无处不在，使得这一带看上去甚至像某种遗迹"。

我坐在神社的一处山坡上休息，体会着当年村上回到故乡时的心情。记忆中的街道、儿时玩耍的石桥，因为天灾而不复存在，那是一种怎样的怅然和心痛！然而，一切既成事实，除了接受，似乎没有更好的方式。诚如他自己所说："我想把风景自然而然地融入自己的身心——意识之中，皮肤之内，作为'或许自己曾经如此的东西'。"

从西宫神社出来，一路向南，便能看到神户高速公路。村上曾站在这段被地震毁坏的公路上暗自神伤，而如今，这里车来车往，畅通无阻。

从高速公路的交叉路口一直向南，原本有一家名为"明石屋"的寿司店，那是以前村上去过的地方。令人遗憾的是，寿司店现在成了车库。不过，隔着小道有一家海鲜饭店，也叫"明石屋"。听说，寿司店和海鲜饭店是同一个老板，由于种种原因，不得已关掉了寿司店，只保留了海鲜饭店。

当年，村上一家从京都搬到西宫时就住在这附近。可惜，村上家的故居已经被另一排房屋所取代。小镇上到处都是着精致而典雅的日式建筑和整齐而美观的花坛。离村上故居旧址不远，便是村上的父亲曾执教的学校——甲阳学院中学。老村上先生是一位语文老师。

再往北，是村上曾经就读过的香炉园小学。学校禁止校外人员进入，我只好在校门口拍了几张照片，悻悻而归。

●●●

夙川大道：樱花烂漫时

FINDING
HARUKI

夙川大道，因樱花盛开时候的美景而闻名。

当年的村上春树，每次在寿司店吃过饭后，便会顺道光顾这里。夙川，是大阪境内的一条小河，从大阪一直流向西宫市的北边。

一棵棵樱花树，生长在道路两旁。据说在樱花盛开的季节里，这里的景色极为壮观，令人称奇。很可惜，我来到这里之前，樱花刚好凋谢。

村上先生并没有完全走过这条大道。我沿着这条路，走到了夙川车站，又折回来，大概有 4 公里。我走走停停，坐在路旁的长椅上，看着享用便当的学生们，来来往往的上班族，还有带着孩子出来散步的主妇们，心生惬意。我还打算约上三五好友，下次一块儿来这里赏樱花。

　　沿着大道往北一直走，再向南折回来，就会看到一座桥。村上先生在他的短篇小说《朗格汉岛的午后》中，对这座桥有过描述；《边境·近境》里也曾经配过这座桥的照片。

　　在《朗格汉岛的午后》一文中，村上先生讲到——有一次，他把中学生物的解剖课上用的教材落在了家里，只好跑回去把书拿到学校。当他走上小桥的一瞬间，和煦的春光洒满整个大地，令人陶醉。于是乎，他索性躺在了河岸边的草坪上，仰望天空。

　　我来到桥边，事实确实如此，难怪先生在这里的记忆无比深刻。看着孩子们在河边垂钓的模样，眼前也似乎浮现出村上先生儿时在这里无忧无虑、嬉戏玩耍的场景。

　　少年不识愁滋味。

• • •

高楼林立的海岸线

FINDING
HARUKI

朝着南边的港口方向继续前行。

西宫地区的填海造陆工程始于日本经济高速增长期。 对此，村上曾表示过遗憾。 御前滨公园就在海边。 从名称可以看出，这座公园有一定的历史。 公园里有明治时期留下的炮台遗迹，散发着浓郁的历史气息。 还可以钓鱼。

村上曾在这里与伙伴们游泳、围着篝火嬉戏打闹。 然而，昔日的乐园，如今高楼林立，失去了往日的光彩。 我虽是第一次看这片海，心底也升起了难以言说的失落感。 彼时村上的心情，想必比我更失落。

对面芦屋的情况也不容乐观。 削山填海形成的人工陆地上，毫无生气的公寓大楼挤在昔日的海岸线上。 诚如村上所说："那些高楼，好似巨大的冰冷石像。"

　　坐在海边，再次品味那些文字，心情不觉沉重起来。之前一直心心念念的"神户徒步旅行"，也因为眼前种种令人心痛的景象而变了味。

　　1997年，村上开始了他的神户徒步之旅，沿途被地震的破坏力所震撼。或许《海边的卡夫卡》，正是他写给自己的疗愈之作。

• • •

村上之家，文学之家

FINDING
HARUKI

从御前滨出发，朝着香炉园站方向行走，就能找到村上家二号故居所在的小区了，只是这里已然不再是过去的风貌。行走在芦屋坊间，感受不到任何悲伤的气氛。身边不时疾驰而过的奔驰，与曾经遭受的重创格格不入。

越过芦屋市的边界，就能找到村上曾经就读的精道中学了。校门在花草树木的掩映下，朴素又美观。我忍不住拿出相机。

芦屋还出了一位非常了得的作家，那就是谷崎润一郎。既然来了，自然要去一趟谷崎润一郎纪念馆。途中经过一家名为TAMAS的咖啡屋，老板正在摆放新鲜出炉的面包。我买了一个火腿芝士面包和一瓶可乐。

咖啡屋门面不大，经营者是一对年轻夫妇，我向他们打听谷崎润一郎纪念馆的具体位置，他们很热情地为我指了路。听说我在寻访村上春树的足迹，老板激动地说，他也是村上先生的忠实粉丝，还向我介绍起《1973年的弹子球》以及《且听风吟》的创作背景来。

谷崎润一郎是日本唯美派文学大师，以作品《细雪》闻名于世，曾四次获得诺贝尔文学奖提名。村上春树的第四部长篇小说《世界尽头与冷酷仙境》，曾获"谷崎润一郎文学奖"。可惜不巧，因为内部装修，纪念馆暂时休馆。遗憾之余，我只能在外面拍了几张照片。若干年后，如果这里建起一座村上春树文学纪念馆，我一定会再次前来。

在结束一天的寻访之前，我去了村上家的三号故居。村上生于京都，后便随家人搬到西宫。之后，村上一家又先后搬了两次，三号故居是他们在阪神地区最后的落脚点。

旅行手记

    启程之前，我本打算尝遍沿途各地的美食。然而，当旅行开始后，我才发现行程满满当当，根本抽不出更多的时间。这是我此行的一大遗憾。无论如何，此次旅行的首要目的是寻访村上春树的足迹。想要成就一个完美，往往就要放弃另一个完美。

    走了一天，略感疲惫，但内心却渐渐充实。我在住处附近的一家日式饭店里吃的晚饭，一份蛋黄肉盖饭、一碗酱汤，简单又实在。

《边境·近境》

(韩文版)

  该书记录了村上春树 1990—1995 年间的旅行经历，他足迹遍布墨西哥、美国、中国和日本。同时，本书收录了《走去神户》一文，这是 1997 年 5 月村上春树重回当年受到阪神大地震重创的故乡时创作的。

  1995 年 1 月 17 日发生了阪神大地震，以日本关西的神户为中心，波及包括西宫、芦屋、宝冢等地区。地震共造成 63000 人死亡，26000 人受伤，是日本有史以来最严重的一次地震。

  地震发生时，村上春树的父母已搬迁至京都，因而幸免于难。村上春树则在美国创作《奇鸟行状录》。故乡受灾，自己却身处异国，无所作为，这令他心生歉疚。后来，他决定重走充满儿时回忆的阪神地区，并用文字将所见所感记录下来，即前文提到的《走去神户》。

村上早期作品中频繁出现的地方：芦屋

在村上春树早期的作品中，有一个地方频繁出现，那就是芦屋。 村上春树在这里度过了小学和初中时光，并留下了很多难忘的回忆。 另外，谷崎润一郎的代表作《细雪》所讲述的故事，也发生在这里。 因此，我决定先停下脚步，细细品味这座小城。

芦屋距西宫有两站地的路程。 高中时代的村上春树，曾乘坐电车，往返于芦屋与神户的三宫之间。 站台上，一定有过他踱步的身影吧，或与朋友见面，或等待女友，一副焦急而又不得不耐着性子的模样。

我先游览了贯通整座城市的芦屋川。 熟悉村上作品的读者一定知道，这里就是《1973 年的弹子球》中"她的家"所在地。

从宾馆俯瞰

● ● ●

《1973 年的弹子球》实景地

FINDING
HARUKI

由芦屋车站出发，向南行 2 公里左右，就是芦屋海岸了。

小巷略显冷清，但宁静而整洁，使我的心情渐渐放松下来，连呼吸也变得安静了。过了 3 号公路，再走一小段路，便能听到海浪的声音了。

我边走边看。路旁网球场里，教练正在给孩子们上课；欧巴桑们在悠闲地做着运动。不远处有一块路牌，指示着前往"谷崎润一郎纪念馆"的路线。接着映入眼帘的，是平整而宽阔的海岸线。

《1973 年的弹子球》中提到的堤坝，如今已经被步行通道所取代。我能感受到村上先生的无奈与怅然。

沿着海岸线一直走到尽头，有一幢二层小楼，那就是"她的家"。

　　在村上春树的小说里，"我"和"她"结识于一家唱片商店。后来，"我们"在爵士乐酒吧喝酒，"我"把烂醉如泥的"她"带回了家。"我"曾把车停在岸边，与朋友"鼠"远远地望着"她"家的灯光是否亮着。

　　海边有很多类似的户型，但这一栋年代似乎是最久的。我确乎相信，这就是村上先生作品里的原型。可惜，这里没有小说中提到的爵士乐酒吧。

　　海水从远处扑向沙滩，又缓缓退下；人们休闲地在沙滩上捡拾贝壳。一切都是那么温馨而浪漫。我漫步在海边，体会着村上先生优雅而闲适的心境。

• • •

寻 "鼠" 之旅

FINDING
HARUKI

在村上春树早期的作品中，主人公的朋友鼠占有一席之地。为了寻找他的公寓，我继续向北，越过芦屋站，到了阪急铁路的芦屋川站。阪急铁路是横穿日本关西地区的三条铁路中位置最北的，鼠的公寓就在芦屋北部密集的高档洋房区。据说，这是芦屋的最高处，从小山上俯瞰，整个城市尽收眼底。

我问过芦屋川车站的工作人员，得知需要乘坐 2 路公共汽车，于是到了公交站。看过站牌才知道，2 路汽车每隔一小时发车，且最后一班车是下午 4 点从山上发车。时间有点儿紧迫。不过后来我才了解到，要去那片高档住宅区，从 JP 铁路的芦屋站出发更便捷，位置也更好找。

经过 30 分钟的车程，我总算到达了目的地。一路上，乘客陆续下车，最后只剩下我一人。下车处是芦屋公墓。沿着公墓的车道再往前走，就能看到鼠的公寓了。当然，在大森一树导演的同名电影《且听风吟》中，也能找到这座气派的房子的身影。《舞！舞！舞！》中提到的高档住宅区，也在这座小山上。

不过更令我惊讶的是公墓——在日本，墓地和居民的生活区挨得很近，生者与逝者共存于一个空间内。人们对死亡这件事本身安之若素，毫无畏惧，坦然接受。这与韩国有些不同。而这片公墓，曾经也是村上学生时代非常喜爱的约会场所。在他早期的作品里，出场人物也曾相约在这里见面。他们不会是在这里、坐在天蓝色的椅子上谈情说爱吧？

公墓开放到下午 4 点，前来祭拜的人很多。我在入口旁的焚香处与椅子之间的空地上稍作停留，然后回到了位于公墓附近的汽车终点站，搭上末班车，回到芦屋站。

Tip

持有日本关西地区定期车票的人，可以无限制乘坐公交车。

打出图书馆的复读时光

FINDING
HARUKI

学生时代的村上春树，经常光顾打出图书馆，当年为了考上大学，他的复读时光大多是在这里度过的。2012 年，在由芦屋市主办的文化体验活动中，打出图书馆首次对外开放。这座图书馆在阪神大地震中展现出了惊人的抗震能力，拥有极高的保存价值，现已被收入物质文化遗产名录。

从打出站出发，向北边的广场方向走 500 米，右手边有一处古色古香的建筑，那就是打出图书馆了。下午 5 点以后，图书馆的阅览室就不再对外开放了。我在一位导游的帮助下，参观了其他几个具有代表性的地方，还拍了几张照片。那位热心的女导游听说我是韩国人，又独自找到图书馆去，觉得我很不容易，因此尽量详尽地为我讲解，并为不能带我参观阅览室而感到抱歉。

图书馆收集了很多有关"村上春树学习地"的报道，张贴在告示板上。 对于芦屋市的居民来说,他们的故乡虽然不大,但出了一位蜚声世界文坛的大家,这实在是件令人自豪的事。 告示板上还贴着关西地区旅游文化体验活动的相关资料以及海报,海报上标着可以乘坐电车游览的景点。 村上作品中出现的地方,也被悉数列出,对于像我这样的村上迷而言,这自然是再好不过的了。

在打出图书馆门前有一座猴园。 和图书馆一样,这也是电影《且听风吟》中主人公经常约会的地方。 虽然这里现在已经没有了猴子的身影,但作为村上春树作品的一个文化符号,这座猴园还是被保留了下来。

宝盛馆书店

FINDING
HARUKI

无论承认与否，一个人旅行总是有些孤独的。没有人聊天，没有人分享，没有人安慰。唯有和村上春树相关的道路、房屋、风景，能给我一些宽慰，并鼓励我继续前进。

一个人的时候，时间似乎变得很随意。不知不觉已是傍晚6点，我这才感到有些饿了。晚饭安排在芦屋站附近，不过在此之前，我特意去了一趟宝盛馆书店。

这家书店位于芦屋站旁边某栋建筑的一层，是一家连锁书店。学生时代的村上春树经常来这里，他最喜欢的是外国文学。

正是下班时间，车站附近的人渐渐多起来，不少上班族也会光顾这家书店，翻一翻自己喜欢的书，权当纾解压力。在书店的文学小说区，整齐地摆放着村上春树的《奇鸟行状录》《1Q84》《村上收音机》等作品。这些都是畅销书，翻看的人很多。我买了《村上收音机》三部曲，权当纪念。

我在离书店不远的一家名为次郎长的乌冬面馆落座，点了店里的标配——乌冬加生啤。店面虽不大，但能为匆忙往来的客人提供足以果腹的美味，在我看来，也是一种善举。更令我感动的是，老板也是村上春树的粉丝。他自豪地告诉我，村上春树是他们的骄傲。他们不忙的时候，也都喜欢读村上春树的文字。

这一天的旅程，在热气腾腾的乌冬面和爽口的生啤中画上了句号。

旅行手记

　　夜幕降临，芦屋川渐渐朦胧。明天就是大阪之行的最后一天，不舍之情油然而生。明明刚开始熟悉，却又要分离，这也是人世之无奈。

　　我倚在站台边的栏杆上，深吸一口气，将淌过芦屋川的空气吸入膛中。长时间行走，膝盖隐隐作痛，然而内心却充满欢愉。

村上春树"早期三部曲"

《且听风吟》《1973年的弹子球》以及《寻羊冒险记》，是村上春树早期作品的三部曲，因作品中均出现了主人公"我"的朋友"鼠"，也被称为"老鼠三部曲"。这三部作品均以村上春树的出身地西宫、芦屋、神户等地区为背景，记录了村上春树成名前至今的内心纠结以及变化的过程，具有重要的文学价值。

特别是在小说《寻羊冒险记》中，很多人把"羊"解读为村上春树本人，尤其是作品结尾，"羊男"之死，在某种程度上，似乎象征着与过去决裂，并终于解脱出来。由此，从《世界尽头与冷酷仙境》开始，村上春树的创作，逐渐由现实转向了虚拟。若想对村上先生早期三部曲进行更深层次的理解，那么，芦屋之行绝对是不二之选。

阪神地区

阪神地区位于大阪与神户之间，特指兵库县。西宫和芦屋也在这一区域内。幼年村上春树因父亲工作调动，由京都来到了这里，直到上大学。

在村上春树的作品中，阪神地区占据着重要的位置。从《且听风吟》到《1973 年的弹子球》，再到《寻羊冒险记》，都是以这里为背景展开叙事的。虽然这里没有特别丰富的旅游资源，但相信对于村上迷而言，一定具有不同的意义。

在这里，推荐大家使用关西地区铁路三日乘车券，除 JR 外，可以任意乘坐列车，游览京都等地区。现在，列车上的刷卡装置已经被拆除了，直接向司机出示乘车券即可，但是司机可能会检查乘车券背面的有效日期。

顺便说一下，阪神地区加上京都，即为"京阪神地区"，旧时曾是日本的政治文化中心，承袭了日本文化的传统和异国文化带来的繁荣商业气息。京都古朴典雅，历史悠久，大阪是日本第二大城市，而神户则以日本最有异国风情的港口城市闻名。这里四季分明，春赏樱花，秋观红叶，吸引了不少观光客。

03. 和村上一起『碾铁路』

 阪急铁路：芦屋到神户

　　出门之前，我看了看天气预报，并检查了一下自己是否带伞。记得村上春树说过，神户徒步旅行的第二天，他沿着铁道线步行，天气由晴转阴。这与我遇到的情况何其相似，令我不免心生欣喜。虽然雨还没有来，但我担心遭遇"突然袭击"，于是把相机挂在脖子上，并用左手握住整个机身。

　　我在鹤桥车站坐上了去往芦屋市的快车，下车后，沿着铁道前往阪急铁路的芦屋川站。再次见到昨天已经碰过面的车站，心底油然而生些许亲切感。上午9点，已经过了上班高峰，车站有些冷清。不过，车站周围挤满了学生。他们是去甲子园球场为自己喜欢的球队和球员加油的。

　　当初，村上春树为了避开拥挤的人群，选择了沿阪急铁路向西步行。铁道忽近忽远，像抛物线一样。而我如今重走他走过的路，感受着曾拂过他的风，亲切之外，更有一种满足。我仿佛嗅到了生活的气息——母亲和孩子在屋里，开始了一天的生活；电饭锅向外"呼呼地"吐着蒸汽；疾驰的列车呼啸而过，让人心头一紧……朝着山脊的方向行走，会出现一条胡同，走进胡同，就会发现风景如初，并没有什么变化，偶有奔驰进出。这就是村上春树提到的、"那个让人觉得奇怪，似乎有些陌生的地方"。

● ● ●

"村上式早餐"

FINDING
HARUKI

1997 年，冈本站附近还没有卖早餐的地方，村上春树只好在路边的罗森便利店买了一包饼干和一罐咖啡。当然，如今的情形已经大不相同，很多小餐馆都被星巴克取代了。在近期的随笔中，村上春树对此感到惋惜。但其实，占据这里的不只有星巴克，还有很多其他小商店。

我学着村上春树的样儿，也在罗森便利店买了一包饼干和一罐咖啡，名曰"村上式早餐"。店员告诉我，这家店已经有 20 年的历史了。这使我更加肯定，村上春树经常光顾这家店。吃完早餐，我开启了新一天的旅程。

我意识到有必要调整一下旅行方式，是从御影站开始的。村上春树到达御影车站后，又买不到早餐，只能接着走，一直走到六甲站。不过，这一段路程，我打算坐电车，因为我已经精疲力竭了。毕竟，我不像村上，有足够的时间，可以走走停停，将徒步行走作为旅行的目的。我的日程本来就紧凑，长时间的行走，导致双腿罢工了。

从铁道上站台的时候，淅淅沥沥下起雨来。

落座后稍事休息，便觉得身心都轻松了些。尤其是一想到马上就能吃到村上春树曾经吃过的肯德基早点套餐，不由得心生期待。

桑德斯上校的魔幻世界

　　我透过车窗，望向雨中的街道，心情渐渐开朗。下车时，雨停了。我穿过车站外的广场，按照事先查好的地点寻找肯德基餐厅。然而，那里已经被一栋银行大楼取代。十年，足以让很多东西发生翻天覆地的变化。没有什么能够一成不变。

　　我打开谷歌地图，上头显示，在阪急铁路六甲站南侧有一家肯德基。犹豫之际，我发现六甲站附近还有一家日本本土的快餐连锁店——摩斯汉堡。我个人比较喜欢摩斯汉堡。而无意间，我瞥见身旁就有一家肯德基。门口的桑德斯上校塑像堆满了笑容，只是，这笑容的背后，也许是无以名状的负重感。我想起了《海边的卡夫卡》中肯德基老爷爷的样子——默默地走进餐厅。后来在四国岛，不知道为什么，我也产生了类似的情绪。

　　因为早晨只吃了一袋饼干、喝了一罐咖啡，11 点半左右，我就已经饥肠辘辘了。我最终还是走进了肯德基，点了一份当日套餐，以及一杯可乐。但店员大概是没有听清我的日语，上来的是咖啡。走了一上午，衣服都湿透了，这烫嘴的咖啡实在喝不下去，心中微微有些不满。

餐厅里人不多。离我不远处，是一位上班族模样的青年，靠窗处则坐着一位老奶奶和她的小孙女。时光缓缓流动着。我想到了村上春树，想到了青年星野，便觉着自己仿佛也走进了魔幻世界，甚至幻想着，桑德斯上校是否也会突然出现在我身边？

在肯德基休息了40分钟，我起身前往村上先生的母校——县里神户高中。

• • •

小山丘上的神户高中

FINDING
HARUKI

　　从六甲站到神户高中，原本有直通的公交车，但我想亲自体验一下这座"臭名昭著"的小山丘，因此决定步行"上山"。

　　雨后空气清新，带着丝丝凉意。"爬山"的过程没有我想象的那么困难。穿过樱花怒放的公园，再经过几所学校，最终到达小山丘的最高处——神户高中所在地。

　　神户高中设立于1895年，从外观看，威严而庄重。校园里有一条"伦敦路"，不知道学校是不是按照英伦风格建造的。据说，当初因为校规过于严苛，学生以罢课的形式进行过反抗，村上春树也参与了那场运动。

　　站在神户高中的校门前，可以俯瞰整个神户和大阪。景色之壮观，为村上春树内心的"地震之伤"带来了些许慰藉。

　　接着，我爬上学校背面的山上。这里是《国境以南，太阳以西》的背景。学生时代的主人公初，还有岛本，经常爬上屋顶，眺望远处的港口和市景。

　学校背后的一些房子，不是被火烧掉，就是面临拆迁，早已人去楼空。再向前走，便是进山的道路了，还能看到一块写着"兵库县用地，禁止出入"字样的牌子。我站在山顶，拿出相机，记录下了眼前的风景。

　为了能考上父母中意的大学，从神户高中毕业后，村上春树选择了复读。他就读的学校都是地区内口碑较好的。如今，村上春树已然成为世界文坛上一颗璀璨的明星，或许是当初父母的期待为他今日的成名奠定了基础吧。不过，村上春树和父亲的关系一直不亲近。他并不是一个一味顺从、循规蹈矩的人。——这些是下山的时候想到的。

　俗话说，上山容易下山难。一圈走下来，膝盖疼痛难忍，脚底板似乎还磨起了水泡（真不知道村上春树当年是怎么从神户高中走到新神户新干线站的。）。由于脚不争气，我最后选择了乘坐公交车。17路公交车，从神户高中正门口上车，经过神户新干线站，一直到达三宫车站。

　刚下车，雨再次淅淅沥沥下起来。

关于父亲

村上春树生长在一个教师家庭，他从小就渴望有朝一日能够摆脱束缚、自由生活。这种心情并不难理解。

大概是初三的时候，我在兵库县的西宫图书馆读过一段时间的书。因为父母教授的是日本文学，所以从中学时代起，我基本上读的都是19世纪的外国文学，从某种意义上讲，可以说是我的一种反叛吧。真正接触日本文学，是在大学时代。我喜欢读夏目漱石、谷崎润一郎，还有属于"第三新人"行列作家们的作品。

——2013年5月，在京都大学参
加由河合隼雄财团主办的公开采访

第三新人：指1953年至1995年之间活跃在日本文坛的作家。他们注重在作品中挖掘人性，追求纯粹文学，热衷于自传体小说的创作，同时也受到了内容与政治无关，平淡无奇的批判。

通过一些采访，我们大致可以了解到村上和父亲的关系。在《奇鸟行状录》中，士兵的皮肤被剥下来的片段，就是源于村上儿时从父亲那里听到故事。

在我小的时候，父亲参加了战争。不自觉间，他向我讲述了一些与战争有关的故事。这些素材在我脑海中不断发酵，成了《奇鸟行状录》的灵感来源。当然，小说里的情节都是虚构的。不过，故事的确来自我父亲，并且现在对我仍然有影响。

——2002 年接受奥地利《新闻报》采访

但是，2011 年接受英国《卫报》采访时，村上春树公开表示了对父亲的不满。（他的父亲于 2008 年去世。）

我一直觉得自己似乎受着某种压迫。父母都是教师出身，他们总是希望我能够朝着他们的期待成长。但事实并非如此。（笑）他们认为我的成绩应该是名列前茅的，其实不然。我非常讨厌一动不动地坐在位子上学习。所以，我就做我想做的事情，大学期间成家、开酒吧。他们对此非常不满。

我没有子女。我偶尔也会想，家里多个孩子会不会有所不同，但这种想法转瞬即逝。难道只有所谓的儿孙绕膝才是幸福吗？我是否能够胜任父亲的角色呢？所以，这是一个难以解决的问题。

——2011 年接受英国《卫报》采访

父亲去世后，村上春树创作了小说《1Q84》，他试图通过主人公完成与父亲的和解。

04. 神户徒步旅行 · 第三天

村上春树的学生时代：神户三宫

平行于大阪和神户之间的三条铁路线——阪神、阪急、JR 在三宫车站交会。从三宫到元町是神户的中心地区，这个有着长达 550 米拱顶的商业街，非常热闹，漫步其中，能够充分享受美食和购物的乐趣。从三宫向南、花街道西侧便是"旧居留地"，即神户港最初对外开放之时外国客商的居住地。这里有许多怀旧的老式西方建筑和进口商品专卖店、咖啡馆等。南京町则是华人群居之地，始于 1868 年，具有浓厚的中国传统特色。

　　村上春树的整个高中时代，都与这里息息相
关。由于神户是一座港口城市，一些往来的国外
船员做着书籍交易，村上春树因此第一次接触美
国作家雷蒙·钱德勒的侦探小说。

• • •

PINOCCHIO 比萨

当年，村上春树从神户高中的小山丘下来后，去喝了两杯咖啡，后来又看了部电影，还在 PINOCCHIO 家吃了比萨。我没有时间去看电影，但尝尝比萨还是可以的。

PINOCCHIO 意为匹诺曹，就是那个一心想要成为真正的男孩的木偶。这是一家意大利餐厅，招牌是绿色的，先前搬过一次家。这里也是村上春树神户徒步旅行的最后一站，光在门前站着，便觉一种熟悉之感迎面而来。我推门进去时，一对情侣和两位中年女性正在用餐。除了匹诺曹，店里还摆放着《村上春树的旅行》。我向服务员询问了村上春树曾经坐过的位置，并拜托他把我领到那张餐桌就坐。

时隔多年，曾在书中读过的场景，如今仍然保留着原样。和村上春树一样，我点了海鲜比萨和生啤。点缀着虾和贝壳

的比萨颜色鲜亮，令人垂涎欲滴，一口下去，满嘴都是
PINOCCHIO 家特有的风味儿。比萨的分量并不大，一个人，
刚刚好。生啤是朝日超干纯生啤酒，口感柔和，泡沫丰
富。吃一块比萨，喝几口啤酒，旅途顿时惬意了许多。

　　上菜时，服务员会给顾客呈上一张纸条，上头写着
"我们将铭记您的来访"和比萨的编号。村上春树吃的比
萨编号为 958,816。他本想弄清数字的含义，但想了想，
似乎除了山川海河的变化让人感到无以名状的空虚，也没
有其他意义，于是沉下心绪，默默结束了那场徒步旅行。

　　我吃的比萨，是村上之后的第 292,409 张。

　　我收起编号条，留作此行的纪念。

　　衷心祝愿，这家跨越了半个多世纪的老店，能够经久
不衰，宾客盈门。

• • •

铭记地震之痛

　　我心情舒畅地走出 PINOCCHIO 家，乘着微风，向三宫车站的方向走去。 前面就是神户港地震纪念公园。

　　1997 年 5 月，村上春树就是在这里凭吊阪神大地震中的受害者。 只不过当时，公园尚未建成。

　　天色有些阴郁，雨丝渐成雨点。 访客寥寥。 地震中开裂的堤坝和倾斜的路灯，都按照原样保留了下来。 那些图片和影像资料，也无时无刻不提醒着游客，日本曾经遭遇的巨大伤痛。

　　我打着伞，缓缓走向神户港。 听着淅淅沥沥的雨声，心绪渐渐平和起来。 公园中央的白色长椅上，一个女人落寞地坐着。 她撑着伞，似乎在读着什么。 我忍不住猜想，也许无情的地震夺去了她生命中重要的人，她在这里怀念故人吧。

　　走到神户港，眼前是一望无垠的大海。 在小说《海边的卡

夫卡》里，老人中田与青年星野为了找到那块
"入口石"，朝四国岛方向前进，最后到了神户。
就是在这里，一股无形的力量指引他们，望向
濑户内海。

　　沿神户港继续前行，就是今天的最后一
站——爵士酒吧"HALF TIME"。

●●●

《且听风吟》与 HALF TIME

FINDING
HARUKI

在小说《且听风吟》和《1973 年的弹子球》中，主人公"我"与朋友"鼠"经常光顾一家爵士乐酒吧。"我们"把花生皮堆在地上，喝着啤酒，玩着弹子球。 如果酒吧真的存在，应该是在芦屋。 不过，在电影版的《且听风吟》中，酒吧的原型是 HALF TIME，就在三宫车站附近。 这部电影拍摄于 1980 年，是村上春树的中学校友大森一树执导的。

从阪急铁路的三宫车站出发，向北走大概两个街区，便能到达 HALF TIME 酒吧。 酒吧开在二楼，因此需要留心寻找招牌。目前维持酒吧经营的，是老板娘和一名兼职学生。 听说老板是一个上班族，只有周末才来帮忙。

我匆匆赶到时，酒吧还没开门。 我向旁边寿司店的老板打听了营业时间，然后走进一家罗多伦咖啡店消磨时光。 点上一杯咖啡，看着黄昏时分的街道，听着慵懒的音乐，我靠在椅背上，不胜惬意。

晚上 7 点，我准时走进 HALF TIME。"我"和"鼠"玩游戏用的弹子球机、随意摆放着的老唱片，散发着浓郁的怀旧气息，将画面定格在 20 世纪 80 年代。

酒吧有两种啤酒——麒麟和科罗娜。还有品种丰富的伏特加。啤酒标配金枪鱼子蛋挞，实在妙不可言。

我点了两杯啤酒，和周围人说起自己旅行的目的，没想到因此受到了热情的款待。老板娘也喜欢村上春树。她不但请我喝啤酒，还亲自为我调制特饮，令我受宠若惊。

我俩一边喝酒，一边聊天。她讲了很多电影拍摄时的趣闻逸事。她说，电影《且听风吟》里飘起的花生皮，其实是她用风扇吹起来的。

在酒吧兼职的学生也是村上迷。我们一起聊他的作品，也聊我的下一站——京都，以及四国岛。一些下了班的老顾客，也加入了我们。不知不觉，两个人的轻声交谈变成了一群人的欢声笑语。

　　彼时彼刻，来自不同国家的人相互倾听、彼此理解，这样的情景让我内心无比温暖。一路走来，我有过很多次这样的感受：我们本是萍水相逢的陌生人，甚至语言也不相通，但神奇的是，我们总能找到一些联结点，让彼此都拥有一个美好的旅行回忆。"村上春树"似乎也是个永远也聊不完的话题。

　　HALF TIME 里的时光，短暂而又欢乐，注定成为我最难以忘怀的记忆之一。为了给我接下来的旅行加油，老板娘和那位兼职学生手捧《挪威的森林》，我按下快门，记录了珍贵的一刻。

　　因为要回大阪的住处，晚上 11 点刚过，我便作别酒吧。有不舍，有眷恋，有惋惜。但我知道，总有一天，我还要回到这里。

　　走下楼梯，我忍不住又回望酒吧。夜色中，黄色的灯光有一种家一般的亲切感。不舍之情渐浓，我赶紧按下快门，留念后离去。

旅行手记

　　走了一天，身体虽疲惫不堪，但内心充满了愉悦。在酒吧，我不光喝到了爽口的伏特加和啤酒，还遇到了热情的老板娘和店员，一番畅谈下来，多少纾缓了身体的疲劳。

　　一个人旅行，往往伴随着孤独。倘若有机会和当地人聊天喝酒，就尽情加入吧。

《且听风吟》

　　《且听风吟》是村上春树的处女作，发表于 1979 年。电影《且听风吟》由当时的新人演员小林薰主演，是独立电影。村上春树曾在散文中提到自己与大森一树的交情。他说，作家只要拥有纸笔就可以开始职业生涯，这比做导演容易许多。

　　HALF TIME 酒吧于 1978 年开业。1979 年，小说发行。次年，同名电影在 HALF TIME 酒吧取景、拍摄。电影拍摄期间，HALF TIME 曾暂时将招牌摘下，换上了"爵士乐酒吧"的名字。

Finding Haruki

{ 阪神地区&神户
推荐一日游路线 }

1. 住处在大阪

如果住在大阪，想要进行一次"村上式"旅行，那么可以按照下面的路线进行游览。

上午

甲子园

被村上春树称为
"最美丽的球场"。

夙川大道

村上春树初中时
走过的浪漫街道。

打出图书馆

陪伴村上春树度
过复读时光。

下午

神户高中

位于"恶名远扬"
的小山丘上。

神户港地震纪念公园

记录着阪神大
地震的伤痛。

PINOCCHIO 比萨

村上在这里吃了徒步
游最后一顿晚餐。

2. 住处在神户

如果住在神户，最好在上午游览阪神地区的一两个景点，下午神户游览，晚上光顾 HALF TIME 酒吧。

上午　　　　　　　　　　　　**下午**

夙川大道

村上春树初中时走过的浪漫街道。

打出图书馆

陪伴村上春树度过复读时光。

神户高中

位于"恶名远扬"的小山丘上。

神户港地震纪念公园

记录着阪神大地震的伤痛。

PINOCCHIO 比萨

村上在这里吃了徒步游最后一顿晚餐。

HALF TIME

电影《且听风吟》中的爵士酒吧原型。

Part
2

≋≋≋

浪漫京都

村上春樹
むらかみはるき

清晨，我要早早地起床，从大阪坐车到京都。离开房间时，一本书忽然从上铺掉下来，是 2003 年出版的英文版《挪威的森林》。随手翻开几页，有一种莫名的亲切感。虽然和上铺的美国小伙子相处甚安，却一直失于交谈。不曾想到，他也喜欢村上春树。这真是一种缘分啊，可惜不能和他分享读书的感受。按时出发的列车无法理解这意外到来的书缘，我只能急忙登上火车，在车上感慨这一份机缘。

　　京都城里樱花盛放，大道两旁、河流两岸又或是墙里绿树荫中，总能寻着那一片或绚烂或妩媚的花树，总能闻着那一缕若隐若现的花香。美景中，人已醉。这里的外国游客很多，身处其中，我的心情也放松不少。找到之前定好的住处——BACKPACKERS，安顿好行李，我就迫不及待地出门了。

　　第一站是银阁寺，在城市的东北方向。游览寺庙之后，我便缓步走上著名的"哲学之路"，小径、樱花和流水，别有一番景致。后来途经京都大学，我又来到了市区的只园四条大街。江水穿城而过，两岸樱花齐放，美不胜收。

　　美景和美食总是相得益彰，四处游览后，我找到了位于三条车站的GANKO 寿司店。在京都大学的一次公开采访中，村上春树曾提到这家店。

落座之后，我点了一杯清凉爽口的啤酒，还有美味的寿司拼盘、鲈鱼饭和炸虾。这一顿饭可谓丰盛，吃得我心满意足。

回旅馆的路上，傍晚的斜阳透过樱花树，散落在地面上，斑驳的树影夹杂点点落红，景色令人着迷。

01. 寻找直子

 阿美寮疗养院所在地：广河原

在小说《挪威的森林》中，女主人公直子与渡边突然中断了联系，这让渡边深感不安。后来，直子来信说自己住进了疗养院，渡边按照信上的地址，找到了位于广河原的阿美寮。

小说对阿美寮的位置交代得比较详细，加上东京红团网的帮助，阿美寮并不难找。不过小说中的叙述跟事实多少有些出入。比如，小说里提到的 16 路公交车，现实中是 32 路；小说中和现实里公交车的始发地也有不同。

去往广河原方向的公交车，每天只有三趟，自出町柳站发车。出町柳站位于鸭川河两条支流的交汇处。公交车首车时间是 7 点 50 分或更晚，但我还是早早地起了床，6 点多便从旅馆出发了。首车发车前 30 分钟，我已经到达出町柳车站。

提早到达，正好有时间吃一个早餐。在《挪威的森林》中，渡边找到阿美寮后，在医院里的食堂里，吃了炖土豆、沙拉、面包，喝了杯橙汁。于是，我打算来一款"渡边式"早餐。

我在乐天利亚里点了一份与炖土豆类似的汤和一杯咖啡，在马路对面的SIZUYA面包店里买了一个培根鸡蛋起酥和哈密瓜口味的面包，在自动售货机上买了一杯橙汁。费了番工夫，勉强凑够了一顿"渡边式"早餐。

回到车站，我拿出《挪威的森林》，翻开渡边寻找阿美寮的那一章，静静地读着。然而，心中却随着文字渐渐起伏，带着思念，充满急切，一如渡边想赶快找到阿美寮、找到直子那般。

Tip

特别感谢

此次"寻找村上春树之旅"共计24天。在准备阶段，一些日本网站对我帮助很大，特此表示衷心感谢。下面这个网址，记载了太宰治、北野武等一批文学大家作品中出现过的地名，各位如果感兴趣，可以尝试游览一番。东京红团网址：tokyo-kurenaidan.com

• • •

广河原的悲伤爱情

FINDING
HARUKI

　　7 点 50 分，公交准时进站。车上乘客不多，大多是学生、公司职员，或是外国教授模样的人，大概是因为途经京都产业大学吧。来京都旅行，大部分人都使用一日公交卡，可以游览整个京都市。但如果线路超出京都产业大学，就要另外支付 860 日元。

　　等待许久，终于可以在车上一览日本的风光了。32 路公交经过的地方不少，因此景色也一直变换。公交车穿行在鸭川桥上时，我望向窗外，鸭川河面宽阔、水流清澈，静静地流向远方。经过京都产业大学，公交车又驶入一个温泉小镇，这时就开始在蜿蜒的公路上行驶了。正如小说里描写的那样，这里的道路较狭窄，一次只能通过一辆车。

　　不知何时，两边已不见建筑，只剩茂密的杉树林。越靠近深山，空气就越清新，凉意也渐渐袭来。我关上车窗，靠在椅背上，一边欣赏眼底无尽的绿意，一边回想书中的情节，突然为这段爱情感到悲伤。

不知不觉中，车上只余我和司机。两个小时后，到达终点广河原。

广河原树林葱郁，景色浑然天成，还有闻名遐迩的滑雪场。我只有一个小时，所以只在滑雪场周围散了会儿步。对面的小山坡上，时不时有自行车队飞驰而下，带来阵阵凉风。

我找了个好地方，一边看景，一边吃早餐。汤还有余温，面包也松软可口，橙汁更是清凉解渴，吃完仍感觉意犹未尽，一切都是那么宜人。

小说中的阿美寮和眼前的广河原渐渐重叠。

村上春树曾在广河原一家名为"美山庄"的旅馆住过一天，这使我更加确信，那些在他笔尖缓缓流淌着的美景，都是他亲自领略过的现实。

● ● ●

庄兵卫咖啡厅

FINDING
HARUKI

　　吃完早餐，我在附近走了走，竟然发现了一家很特别的咖啡厅。走近却发现没有人在营业，没办法，我只能坐在门外椅子上，自顾自地欣赏起四周的风景。这时候，一位老板娘模样的女性朝我走来。

　　"不好意思，今天本来不打算营业的。"老板娘说。因为最近是旅游淡季，所以她不常营业。

　　我向老板娘说起我的旅行目的，她十分惊讶。她竟不知道村上春树是何方人士。

　　"村上先生小说里的女主人公，就是在这附近的疗养院里住院。"

　　"可是这附近根本没有疗养院啊。"

　　"对，疗养院是小说里虚构出来的地方。"

"那个女人死了吗？"

"这个嘛……我也记不太清楚了……"

我的回答含糊不清，没照实说。我既不想歪曲小说的内容，也不想让老板娘因书里人物的死亡而困扰。在村上春树的作品里，有大量关于自杀、迷失、死亡的内容，但都是为了"重获新生"而故意安排的。只是因为担心不能给老板娘解释清楚，我就放弃了说明，这让我很惭愧。

老板娘为我做着咖啡，我回想着那些有关死亡与重生的隐喻，直到香浓的咖啡送入腹中，暖意蔓延全身，才缓过神来。再看眼前的山景，竟有一种如获新生之感。

等待发车的司机，百无聊赖，将帽子盖在脸上，睡起觉来。

午后，阳光正好。

《挪威的森林》

　　《挪威的森林》发表于 1987 年，是村上春树第五部长篇小说，也是他第一部现实主义小说。这部小说使村上春树跻身畅销书作家之列，他的后续作品也维持着超高人气。但是，村上本人对这部作品并不是非常满意。

　　《挪威的森林》这部小说，目前已经销售十万册了。这个成绩还算可以。但我本人想把更多的作品介绍给读者朋友。这句话似乎说得有些狂妄了。我认为这部作品在我的写作生涯中处于中间地位。也就是说，我完全可以胜任这部小说的创作，但是这并不是我所追求的终极目标。

——2014 年接受荷兰日刊 NRC 采访

《挪威的森林》通俗易读，所以能为广大读者所接受。事实上，正是因为这部小说的走红，才使得村上春树的其他作品得到那么多的关注。但作家本人却不太喜欢现实主义文学的创作，反而更中意于类似《世界尽头与冷酷仙境》一类的超现实文学。

1989 年，韩文版《挪威的森林》以《迷失的一代》为书名，正式与韩国读者见面，并在韩国掀起了一阵"村上风"。这本小说也荣登当年韩国畅销书榜单之列。但据说，作家本人对韩译版书名并不是很认可。

1995 年，韩国加入世贸组织版权协定。在此之前，《挪威的森林》这一书名并未加入这一协定，因此韩国先后出现了 20 多个书名，但就《迷失的一代》深入人心，所以后来文学界就一直坚持这一译名，不作更改。

2013 年，解决了与原著书名的版权纠纷后，韩国民音社出版了一套"世界文学全集"，其中就包含了修改过书名的新版《挪威的森林》。村上春树也以全新的面貌，与韩国读者见面。

关于译著

村上春树不仅是一位作家，还是一位翻译家。写作之余，他还将一部分欧美文学翻译成日文并出版。他本人也读过自己作品的英文译本。

翻译是我的一项兴趣爱好。我在学生时代就已经读过很多英文原版的著作，并且尝试过把它们翻译成日文。现在回想起来，当时的举动对我而言，绝对是一种锻炼。美国 F.S. 菲茨拉杰德，是我非常喜欢的美国作家。我是从他的作品起，开启了自己的翻译之路。

从某种意义上来讲，文学作品包含着创作者某种强烈的主观意愿。但是，如果翻译一部精彩的外国文学作品，这种自我的感觉似乎就会消失。通过翻译这一过程，你会发现自己似乎在与另外一位作家交流、沟通，这是一种非常特别的感觉。换句话讲，翻译可以让人达到一种忘我的境界。

他人心中所想之事，可以借译者之口表达出

来。这对于我本人来说，可以说是一种治愈。暂且把它叫作"翻译疗法"吧。因为，人们总是在尝试了解自己内心深处的想法，但这件事本身令人十分疲惫。

——2003 年接受奥地利《新闻报》采访

村上春树对自己作品的其他语言译本，感到很满意。

即便去到一个非常小的国家，也能发现自己的作品，这令我十分开心。我还听说有冰岛语、芬兰语的译本。在这样的国家里，读者数量少，图书输入相对不太活跃。但是这些国家的公民，对自己民族的语言信心十足，充满自豪感，把我的书翻译过去。这件事情本身，就令人欢欣鼓舞。

——2013 年在京都大学的公开采访

德文版的《国境以南，太阳以西》是根据英文版译著进行再翻译的，其中增加了很多煽情描写，引发热议。对此，村上春树表示不满。

德国方面称，出版社找不到日德双语的译者，这让人匪夷所思。我觉得可以胜任的人应该不在少数，日文能力优秀的德国人也应该很好找。您（指记者）本人不是就可以吗？如果出版社询问我的意见，我肯定会告诉他们，还是找一位德日双语兼通的译者更为妥当。

——2001 年接受德国《新闻周刊》采访

关于性与暴力

如何看待作品中激情场面的描写?

村上春树的作品中,有很多描写性的篇幅,这在整个日本文学史中,都不太常见。

性行为,是人类自身与外部世界产生联系的重要活动。此外,它还是一种交流的形式,可以把它当作人与人之间的某种仪式来看待。其实这里面的学问特别高深。弗洛伊德曾经说过,人类的一切活动最终都会导致性行为的发生。作品中的人物与场景,我有自己的看法,不过我认为,性是能够与一个人心灵相交的最好方式。

——2007 年接受阿根廷一家日报采访

《国境以南,太阳以西》的德文译本,书名为《危险的政府》。字里行间关于性的描写之多,一度成为人们议论的焦点。文学批评家莱希·拉尼茨基在其主持的文学批评项目中,曾经对此有过评论。

　　我个人十分敬仰莱希·拉尼茨基先生。我曾经读过他日文版的自传。听闻他对于我作品的内容，曾经也做过点评，这使我非常惊讶。

　　不过，我认为，作品里关于性的描写，是作品本身脉络发展的需要。但后来却变成了所谓的色情文学。我本人是非常内敛并且容易害羞的。创作的时候，遇到需要描写性的场面时，我也会感觉有些脸红。但越是这样，就越要把它们融入到作品中。在我看来，性是通往另一个境界的重要方式和手段。

——2001 年接受德国《新闻周刊》采访

　　《1Q84》中包含大量的性、暴力内容。让我们看看村上春树本人是如何解读的。

　　主人公天吾和青豆，非常渴望见到彼此。但是，相互寻找、认识的过程却十分漫长与困难。这一过程中，性是一个必不可少的环节。说实话，我并不喜欢描写与性和暴力有关的片段。但我为什么又要写出来呢？因为这两个因素，并不能为社会轻易接受，这就需要人类意志克服自己的本能。我之所以写出来，就是要强调人类需要通过自身的意志，来克服这些本能的重要性。

——2011 年接受法国一家周刊采访

02. 村上春树喜爱的慢跑路线

 鸭川：京都人的休闲大道

　　从广河县乘坐公交车，大约两个小时，便回到了京都市区。我沿着村上春树最喜欢的慢跑路线——鸭川，一路步行到三条车站。

　　下午3点钟，太阳还冒着热气。但鸭川水哗哗流淌，传来丝丝凉意，两相抵消，走起来竟不觉得热。无怪乎这是京都人最爱的一条休闲大道。

● ● ●

鸭川河岸

FINDING
HARUKI

鸭川全长 31 公里，呈 Y 字形，缓缓流淌过整个京都市区。从山上汩汩而下的两条支流，交汇在一起，穿越整座城市，将京都分为东、西两个部分。因此，不断延伸的河岸，便形成了一条天然的慢跑路线。据说村上春树每次来到京都，都会来到河边，沿着河岸慢跑，并且还会把沿途经过小桥名都背一遍。

我本计划像他一样，沿着鸭川慢跑。无奈，体力有限。可即使只是随便走一走，我还是深深地陶醉在鸭川的魅力中。

鸭川得名于"鸭"字，如果直译成韩文，就变成鸭子河了，我觉得也未尝不可。平日的鸭川上，鸭子成群结伴戏水，别有一番野趣。

河里是鸭子的世界，岸上则是京都人的生活。你看，爱音乐的人在这里，有人练习萨克斯，有人抱着吉他弹唱；爱艺术的人在这里，学生们在画板上专心地写生；爱运动的人在这里，有人听着音乐慢跑，也有老师带着小朋友来这里打棒球；爱生活的人也在这里，有人牵着爱犬悠然漫步，有人带着爱人在这里甜蜜相拥。这样的生活静谧、安详，让人不禁神往。

不知不觉，日暮西垂，点点路灯装扮起鸭川的两岸，白日的喧嚣也暂且隐在蓝黑天幕之后。京都的夜，没有浮躁的繁华，只有宁静的优雅。

四小时前，我还在阿美寮的宁静树林里，如今竟然再次行走在鸭川岸边，不由得心生感慨。不过走得太多、太远，精神上是满足了，身体却有点吃不消。膝盖开始隐隐作痛，这大概是身体的抗议吧。

租一辆自行车完成京都之旅，也许是最理想的选择。在市区自行车随处可租，而且价格低廉。

• • •

南禅寺豆腐料理

村上先生曾在多篇散文中，极力推荐京都的一道传统豆腐料理。最正宗的一家就在他家附近，所以每次回家，他都必去那家店，来一块热乎柔软的豆腐解馋。虽然不知道具体位置，但他提过，这家店就在南禅寺附近。

为了品尝到这道正宗的传统美食，我仔细查找信息，最终找到了顺正料理店。

顺正料理店，位于南禅寺入口的右手边。套餐一般在5000～7000日元之间，相对而言比较贵。但如果单点，价格一般在1000日元左右。

我点了豆腐加盖饭的套餐，再加一瓶惠比寿啤酒，总共是1500日元。味道果然名不虚传，豆腐清爽软嫩，啤酒香浓味醇，搭配绝了。吃到了村上春树最喜欢吃的豆腐料理，旅途劳顿便算不得什么了。

　　吃完美味的豆腐料理后，我到药店买了一些消炎镇痛剂，之后走进一家星巴克，开始整理行程。

　　喝一口热咖啡，又香又醇，暖意遍布全身，似乎打通了全身的关节，一下子懒洋洋的。也许是周五的缘故，心情也格外地放松。看着窗外，行人来回，远处天蓝如魅，像一个童话世界。我只要不说话，似乎就可以一直看下去，一直享受下去。如果可以期待永恒，期待时间停滞，那么就在此刻吧。

旅行手记

回想起一日的行程，总想到京都那魅力十足的样子。鸭川两岸自由与安逸的生活气息和那美味的豆腐料理，总萦绕于心，久久不能忘怀。我以为我看到的风景已经是极致，但听说秋天才是游览京都绝佳的时节。是吗？我的心里又勾起了一点小想法。秋天，再来一次。我在心里对自己说。

回到旅馆，冲了个热水澡，大部分疲劳便散去了。膝盖还是疼，我冷敷了一下，涂上滇矢镇痛剂，明天行走应该没有问题。

小饮一罐啤酒，我就心满意足地进入了梦乡。

《当我谈跑步时，我谈些什么》

　　《当我谈跑步时，我谈些什么》发表于 2007 年，是村上先生的一部散文集。这本书有助于我们更好地了解作家这一职业同他慢跑之间的关系。这本书记录了村上春树留居欧美时期，关于慢跑的点点滴滴。

　　目前，村上春树仍在不断参与全程马拉松的比赛。2013 年 12 月，村上春树参加了在夏威夷举办的马拉松大赛，跑出了 5 小时 17 分 32 秒的成绩。即便是在创作小说的过程中，他也从未中断过自己的慢跑运动。村上先生对于跑步的执着，以及长久以来形成的习惯，可以通过一篇采访来一探究竟。

　　如果你想成为一名作家，我觉得想象力、脑力、集中注意力的能力必不可少。要想将这三种能力维持到最佳状态，就必须通过锻炼身体来实现。如果没有强健的身体做支撑，自己的职业生涯也将无法继续。对此，我深信不疑。有朝一日，我如果不再跑步，那么我的职业作家生涯，也将有所不同。

　　　　　　　　　　　　——2005 年接受美国《跑步者世界》采访

京都·慢跑

　　30 岁时，村上春树决定做一名专职作家，并打算戒烟、减量饮酒，且开始慢跑。如今，65 岁的村上春树仍然坚持慢跑，且乐此不疲。那么，究竟哪一条慢跑路线是他的最爱呢？

　　要是问我最喜欢哪条路，那应该是在波士顿了。哈佛大学在查尔斯河岸边，我经常在那附近跑步。不过到了冬天，路面结冰，就不能跑了。我还时常沿着京都的鸭川河岸慢跑，从御池附近一直跑到上贺茂，途中能经过几座小桥，一共 10 公里左右。这条路也不错。

　　再有就是纽约的哈德逊河岸了。从休斯顿街一直到乔治华盛顿大桥，纽约市为慢跑人士设计了一条专用道。这条路上，没有任何信号灯，同时设有厕所、饮水区，十分方便。不过要说起纽约，中央公园也还不错，但我最近比较喜欢沿着哈德逊河岸慢跑。

——2011 年接受日本 NUMBER 志采访

　　村上春树成为专职作家后，又缘何钟情于慢跑呢？

成为专职作家前，我在东京的国分寺附近，经营一家爵士乐酒吧。那时候，我每天都要在浑浊的空气中，工作到很晚很晚。后来，我权衡利弊，决定放弃酒吧，开始自己的职业作家生涯。从那时起，我就暗下决心："以后绝不做对健康有害的事情！"

我每天早晨5点起床，完成自己的写作任务，便出门跑步。我的人生，用"如获新生"来形容，一点儿都不为过。而且，跑步绝对是一件让人上瘾的事情。我慢慢体会到，将跑步固定成自己的一项日常活动，并不是一件难事。

跑步这件事情，再简单不过了，无论何时何地，只需要一双运动鞋足矣。也不用非得找个伴儿和自己一起运动。我觉得，慢跑比较适合像我一样比较特立独行，或是从事自由职业，经常独自工作、思考的人群。

——2005年接受美国《跑步者世界》杂志采访

那么，慢跑时听哪种类型音乐能够增强运动效果呢？

跑步时，我一般都听摇滚乐。节奏越单一，跑起来感觉就越轻快。比如，克里登斯清水复兴合唱团、JOHN MELLENCAMP、还有海滩男孩的歌，我都比较喜欢。这些歌手的歌，我认为都比较适合在跑步的时候听。

有一次，我参加在北海道召开的极限马拉松比赛，长度共100公里。当时，我打算在路上一直都听莫扎特的《魔笛》。但是，中途我就放弃了。理由很简单，这样的音乐让我心情烦躁，不能静心。打那时候起，我就明白了，歌剧一类的音乐，并不适合在慢跑的时候听。

——2005年接受美国《跑步者世界》采访

京都的魅力，只一眼，便让人迷醉。 我像是生了病，着了魔。 这种"后遗症"的自愈，恐怕要花不少时间吧。

这一天，是开启"村上春树·旅"后的第一个周末。正是春暖花开的时节，京都这样的特大型城市，想必会人山人海。 对此，我已经有了充分的心理准备，但一出门，还是感到震惊。

这一天，还是我的生日。《海边的卡夫卡》一书中，少年卡夫卡坐在开往四国岛的大巴上，迎来了自己的生日；而我则是在这次"寻找村上春树之旅"中，又老了一岁。 我在全家便利店里买了一份奶油蛋糕，简单地为自己庆生。

今天的目的地，是村上春树小时候同他的父亲一起到访过的幻住庵，不过我喜欢称之为"芭蕉庵"。

幻住庵，位于京都东面的滋贺县大津市。从京都站第二站台乘坐琵琶湖线快速列车，大约 40 分钟，就能到达石山站。从南出口站出，在 1 号站台交 220 日元车费，到第五停车场坐公交（公交有 30、30a、30b 三条路线），总路程一共 2.3 公里。

一路上，汽车不时穿过稠密的村庄。乡间的景致与城市大不相同，没有高楼大厦，房子在田野间错落有致。那些分布在绿地间的乡村小路，每一条都又整洁又安静，有一种清新淡雅之美。驶过一座大桥，又开到一处小山丘上，公交最后停在了幻住庵的入口处。

寺院周围，一片宁静与祥和。

"芭蕉庵"其实名叫"幻住庵"。村上先生曾提到，少年时同身为国语教师的父亲及其学生，到访过几次。之所以得名"芭蕉"，是因为日本著名的俳句诗人松尾芭蕉曾住在此。他终身漂泊流浪，居无定所，但却在此停留过 4 个月之久。松尾芭蕉以抒情优美、含蓄柔情的俳句闻名于世，其中有很多不朽的诗篇都在幻住庵里完成。

寺院周围，树木葱茏。我到时还是清晨，阳光也不甚强烈。前面一对父子已经准备开始登山。突然很感动，对于小孩来说，和父亲寻访寺庙或是登山，都该是一件无比兴奋的事情。遥想当年，小村上春树陪父亲来到这里，心情又如何呢？

山里的空气格外清新，深吸一口，感觉闻到了树木、草叶和土壤的味道。也许是因为天色尚早，这里的游客非常稀少。

我从停车场拾级而上，朝寺院入口方向走去。旁边的台阶上，摆放着一台自行车。正心生好奇，隐隐约约听到了扫地的沙沙声。快步登上台阶，看到一位大叔正在认真地拿着扫帚扫台阶。我走上前用日语问好，简单聊了几句，才知道他是这附近的居民，骑自行车来此打扫。每次，把自行车停在下面，而后每上一层台阶，便用扫帚扫一扫尘土。

虽然不是僧侣，他却依旧一心虔诚、心无杂念地扫灰去尘。此时此刻，当配此情此景。

走进寺院正门，便是大殿。日本传统的木式建筑，有些老旧，建筑的斑驳里都沉淀着岁月的沧桑。

缓步绕寺院走，大树成荫，满眼青绿，鸟儿在清脆地鸣叫；微风习习，地上几片落叶打着旋儿地追闹。

走过神社，转向左边台阶，去往幻住庵。阶旁矗立着松尾芭蕉文学纪念碑。顺台阶而上，幻住庵便慢慢出现在眼前。庵顶上写有"幻住庵"三个汉字，全部建筑呈原木色。传统的日本建筑，有一种清淡的雅致。

站在幻住庵院内，我俯瞰着山下神社的风光。悠久的寺庙建筑，依傍在青山绿树之中。山下的城市多繁华，也抵不过偏居一隅的恬淡和清远。这里能感受到的，就是一派清净。微风拂面，忽而送来一阵悠扬的笛声。我循声望去，竟是那位打扫台阶的当地人。美妙的笛声，伴着轻风，仿佛是送给我这个"老外"的一份礼物。我唯有轻轻眯上双眼，享受着这段天籁之音带来的宁静与美好。

旅行手记

　　从神社出来，我坐在公交车站旁的长椅上，一边等公交，一边吃饭。公交出发时，我还差最后一口，急急忙忙塞进嘴里，上了车。还是来时的那位年轻司机，我们相视一笑，算是打过招呼。找到座位后坐下来，打开车窗，微风习习，甚是惬意。耳边似乎还能听到那美妙的笛声，我靠在椅背上，看着缓缓退去的景色，心情依旧明媚。真希望，趁着阳光正好，心情正暖，将此时此刻的幸福定格。

04. 电影《挪威的森林》拍摄地

 渡边的嘶吼

作别京都的樱花和鸭川，我开始寻访电影《挪威的森林》拍摄地。

这部电影拍摄于 2011 年，导演是因《三轮车夫》一炮而红的陈英雄。电影中，渡边得知直子的死讯，失落、绝望，漫无目的地走着，走着，却仍无法释然，看着眼前翻腾的大海，他痛苦地嘶吼。——他所面对的"大海"，实际上是兵库县最北端的今子浦。

雨敲在车窗上，

也敲在我心里。

今子浦，今子浦……

今子浦与电影的故事

FINDING
HARUKI

　　在火车上，我又看了一遍电影版的《挪威的森林》。电影一开始，渡边、直子、木月三个好朋友，一边吃着冰激凌，一边谈笑风生；电影结束时，年轻的木月早已结束了自己的生命，而渡边也失去了直子，他胡子拉碴、面目憔悴，在山洞里蜷缩着哭泣，在海边放声大哭。

　　天色渐渐晦暗。雨点打在车窗上。或许是受天气的渲染，心情有些阴沉，隐匿在心底的伤感难以遏制地涌上来。而我，终究只能沉默。

　　下车时，雨点很大，狠狠地砸在地上、伞上，和着江水冲击岩石的悲鸣。岸边怪石嶙峋，其中一块像准备跳跃的青蛙。只是，这样的雨天，我无心欣赏。

上天的眼泪，一发不可收。

我驻足片刻，拨通了出租车电话。

透过车窗，我回望今子浦，心绪莫名地起伏着。

阿美寮取景地

FINDING
HARUKI

小说《挪威的森林》中的"阿美寮"原型是广河原，而电影的取景地则是在砥峰高原。广河原在京都。接下来，我要去电影的取景地。不过听说路不太好走，毕竟在深山之中。

我在寺前站附近的一家旅游中心租了辆私家车，打算亲自驾车去砥峰高原。我早些时候申请了国际驾照，原本想着在四国和北海道可能会用上，没想到先在兵库用上了。

和韩国的交通规则不同，日本是靠左行驶的。车道也有所不同。我有点紧张，仔细听着注意事项。正当我准备驾车离开时，租车的旅游中心的所长回来了。他听说了我的"寻找村上春树之旅"，热心地告诉我，这条路不太好走，并提议说，他在前面开车，我在后面跟着。

砥峰高原距寺前站约 20 公里，是一片高地。开车一路走来，发现所长所言非虚。虽然路程不长，但须经过水坝、穿越隧道，对于一个初次到访的外国人，独自找路确实有困难。

我很庆幸碰到了像所长这样的热心肠。

感恩之余，祝你好运。

20分钟后，我们到达砥峰高原。

渡边和直子行走在芒草之间，几乎被淹没。他们一边阔步走着，一边互诉心声。强劲的风拨动着直子的长发。——这是电影中的镜头。我曾一度想象，顶着强风、穿越草海去寻找爱人，是怎样的心情啊？

然而，高原上一片炭黑，什么景色都没有。电影里的绿色，仿佛海市蜃楼一般，消失得无影无踪。我和所长顺着蜿蜒的小径边走边聊。看着光秃秃的土地，我突然产生一种失落感——一如村上当年在神户旅行时，看到海岸线上削山填海的景象时。

当然，高原变成炭黑并不是因为环境破坏，而是每年三月末，这里都会举办焚烧枯草的活动。这是兵库县神川市的传统。很遗憾，我没能赶上。

Tip

换取国际驾照的方法

申请人须持全国通用的本国驾照，于申请当天，带上3张证件照和护照，前往指定的警署申请，费用为7000日元。一般来说，如果资料审核通过，10分钟内就可拿到国际驾照。

旅行手记

　　因住在姬路车站附近，顺便去姬路城里逛了一圈。虽然城中有很多修复工程，略显杂乱，但这丝毫遮挡不住"白鹭城"的魅力。

　　我站在观礼台上，眺望着全城。姬山之巅上，是纯白亮丽、精致典雅的天守阁。五层飞檐错落有致，背后青山无限。看过幕府的兴衰成败，走过百年的纷飞战火，依旧以洁白纯美的姿态睥睨大地。

　　美丽的城市从来不缺美丽的爱情。听人说，这里曾有一位千姬小姐，她本是富家千金，战乱年代奔波逃生，遇到了毕生挚爱。本以为可以执手共白头，无奈世事无常，丈夫、爱儿相继弃她而去。美丽的千姬从此独自一人，把余生40年的光阴都化作了思念。

我在城中缓步游览，建筑之美、传说之美，都让人流连。然而，历史总要向前走，我也要继续新的旅程。

下一站——四国岛，那是青年卡夫卡梦想去的地方，也是我的"乌冬面巡礼"开始的地方。

现实·非现实

　　村上春树的作品有两极，现实和非现实相互更迭。他将这种结构直接，或通过某种比喻穿插在字里行间。如果能较好地把握这一特点，读者便能更加透彻地理解其作品。

　　其实我也不是故意要在作品中加入很多非现实成分。我一直都想更多更好地运用现实世界的要素进行创作。但越是这样，就越是不自觉地在作品中加入一些非现实的内容。换句话说，越是用非现实的视角看待这个世界，就越能把它看清看透。这是我在创作过程中获得的一点感悟。

　　村上春树被称作"魔幻现实主义作家"，那么，他对拥有同一头衔的文学大师马尔克斯是怎样评价的呢？

　　我之前也用过"魔幻现实主义"这个词语，但我觉得马尔克斯作品里所谓的"现实"不过是他自己编织的现实世界，对其他人并不适用。对一般的读者或者文学评论者来说，他的小说更像是一种神奇的魔术。我的小说也是如此。

——2011 年接受 AMAZON.COM 采访

　　如果能了解村上春树对于混沌的现实世界的思考，就能充分把握他为何利用非现实的情节一步步将读者带入作品中。

　　举个例子。我们暂且把现在生活的世界叫做"现实A"，把并未发生或类似"9·11"一类的事件世界，称作"现实B"。"现实B"要更加合理，更加理性，远远好过"现实A"。我想，谁都不会对此提出异议。

　　换句话讲，我们现在所生活的这个世界，相对于非现实的世界来讲"更加理想"。这种状态，就叫作"混沌"。当然，我并不是否认"人类社会的开始，并不存在混沌"，或国家应该接受这种混乱状态，并下大力度，解决根本问题。而是我们要无限地接近现实，从而寻找解决问题的方案。

　　村上春树希望自己成为读者心目中何种存在？

　　我认为，作家应该为读者带来光明与希望。所以，作家本身更要打起精神，充满正能量。尝尽人生百味后，要以新的姿态面对世界，不断前进。人类社会发展至今，经历过无数次的风风雨雨。但最终还是否极泰来。明天一定是美好的，而世界也总会朝着更加光明的未来不断前进。

　　——2010年，创作《混沌世界中作家的作用》并向《纽约时报》投稿

Finding Haruki

京都 & 兵库县
一日推荐游路线

在游览京都和兵库县的过程中，城市外围的景点比较多，因此，最好能分两天，一天走一个地方。

1. 京都

京都拥有《挪威的森林》里直子曾经住过的阿美寮疗养院，可以安排一整段比较充裕的时间进行游览。下午到晚上则可以选择游览京都的名胜古迹，还可以尝尝豆腐料理，或是找一家咖啡馆歇歇脚。

上午 ·　　　**下午** ·

广河原

直子曾经住过的阿美寮疗养院所在地。

鸭川河

深受村上春树喜爱的慢跑路线。

2. 兵库县

兵库县是电影《挪威的森林》取景地之一，例如电影中渡边冲着大海咆哮的今子浦，还有渡边与直子散步的砥峰高原。

上 午 ・ 下 午 ・

今子浦

渡边朝向大海咆哮的场面，就是在这里拍摄的。

砥峰高原

渡边与直子在阿美寮散步的场景拍摄地。

Part
3

四国巡礼

村上春樹
むらかみはるき

离开兵库县，我乘坐新干线光号列车，由姬路站向冈山站进发。这是一趟海洋快线，经过濑户大桥后，便一路飞驰驶向四国的高松。

　　宽阔的海面之上，濑户大桥的身姿简洁而优美。海天一色，似乎静止在窗外，使人产生时空永恒的错觉。天上的云、海平线上的船，越远，越美。少年卡夫卡觉得，濑户大桥处的夕阳有悲壮之感，而青年星野则对政治家们大兴土木建桥颇有微词。我没有那么多的思虑，因此眼中只有美。

　　日落时分，到达高松。下了车，同行的外国人纷纷离站，我突然感到一丝孤独。走出车站，夜色温柔。星光璀璨，灯光闪烁，高松市就像一位安静而深沉的友人，使人感到温暖、亲近。

　　老人中田、青年星野和少年卡夫卡到达四国后，在车站旁的乌冬面馆吃了第一餐。我走出车站，看到一家名为"联络船"的乌冬面馆，便走了进去。一碗热腾腾的面汤下肚，全身都暖和起来了。

1 老人中田经过的冈山站
2 第一次乘坐新干线，由姬路到冈山
3 日文版《海边的卡夫卡》
4 联络船乌冬面馆
5 联络船乌冬面馆的招牌乌冬

01. 遇见海边的卡夫卡

 樱之家

我起了个大早，兴冲冲地前往高知。

去车站的路上，路过一家罗森便利店。 我临时起意，拐进店后的胡同里，一幢挂着绿色招牌的二层小楼出现在眼前。 这就是樱之家。 和小说中描述的一样。我曾以为，村上小说中的地点和建筑都是他自己编的，但类似的巧合接二连三出现，使我再次确信，这些地方，村上真切地走过、看过。

樱是卡夫卡的"亲姐姐"，至少卡夫卡这样以为。卡夫卡的父亲在这里被杀害，血流成河；在神社的丛林里苏醒后，他（或者说他的分身）又回到这里居住。可以说，樱之家贯穿了整部小说。 见到现实中的樱之家，使我对小说多了几分亲近之感。

　　卡夫卡乘坐由京都出发的夜车，在高速公路的最后一个休息区见到了樱。后来，两人在高松站旁边的长途汽车站下了车。我则从瓦町站乘公交车，坐两站地，到达高松站。

　　寻找卡夫卡的旅程，从这里开始。

···

樱和卡夫卡下车的地方

FINDING
HARUKI

　　第一站，高知县。

　　从高松到高知，乘坐特等列车，大概 3 小时。途中在宇多津换乘。

　　列车横穿四国岛，一路向南行驶。经过山地时，高大茂密的森林在阳光下呈现出斑驳变幻的绿影，景象令人震撼。据说，四国岛古时称为伊予之二名岛，后来简称伊予岛或二名岛，包括阿波、赞岐、伊予、土佐，因此近代称为四国岛。如今，"四国"即德岛县、香川县、爱媛县和高知县。

　　我看着窗外，心情时而平和，时而激动，生怕错过任何一处风景。结果，越是集中精力，越是疲困，不知不觉竟睡着了。直到列车在大危步站暂停，我才迷迷糊糊地醒来。

　　车窗外，一位中年男士拿着相机，正在拍摄山崖上的绚烂樱花。 山崖不高，隔水分立，茂密的植被当中，樱花烂漫。 短暂停留之后，列车继续前行。

历经 2 小时 40 分钟，列车终于到达高知车站。 我浅薄地以为，有茅草屋存在的地方，经济必定不是很好，但高知县的发达程度远远超出我的想象。 而且，高知县有很多风景名胜，除了连绵险峻的高山地带、土佐湾漫长的海岸线和风景如画的"桂滨"海滩，这里还是很多名人的故乡，最有名的当数坂本龙马。

坂本龙马是日本倒幕运动中杰出的政治家，为日本的近代化之路做出了巨大贡献。 幕府势力衰败，心怀怨恨，最终派人暗杀了时年坂本龙马。 当时，他才 31 岁。 尽管英年早逝，日本人民还是记住了这位英雄。1963 年，司马辽太郎以坂本龙马为原型，创作了长篇历史小说《龙马来了》。 小说讲述了日本幕府末期的风云变幻，坂本龙马也因此成为家喻户晓的民族英雄。

• • •

桂滨海岸

FINDING
HARUKI

我是循着大岛的踪迹来的高知县，但这里似乎跟村上春树关系不大。他只在《海边的卡夫卡》里描述了大岛的茅草屋，其他就没什么了。

不过，既来之则安之。一路上看到许多关于坂本龙马的宣传物，于是我决定到桂滨海岸去看看。那里有坂本龙马的铜像，同时濒临太平洋，也许就是小说中的"海边"。

高知市的公交线路基本以高知车站为中心，呈十字形分散，出行非常方便。到终点站桂滨的电车每小时一趟，途中大约需要 30 分钟。

一下车就是坂本龙马的铜像。在龙头岬略微高起的山岗上，坂本龙马在高高的台座上凝视远方。他身着和服，两手揣于怀，脚蹬长筒皮靴，堂堂正正地站立着，姿态威严而气概非凡。

　　我走上沙滩，随地坐下，悠闲地欣赏眼前的大海。我可以确定，这里就是小说中的"海边"。听着一波一波的海浪声，脑海中浮现出一幅景象：卡夫卡隐隐约约确定佐伯就是自己的母亲；他坐在海边的长椅上，侧耳倾听着海浪的声音，想象着世界仿佛是围着一根摆锤而转动。断断续续的波涛声仿佛是佐伯为他唱过的那首"海边的卡夫卡"，温暖而又令人感动。

　　听着海浪有节奏的歌声，我看到了那个有名的小神社。神社亮眼的红色在蓝色大海的映衬下，十分显眼。它保佑着海边的人和船顺顺利利、平安无事，我也双手合十，向着它祈祷此行顺利。

　　稍作停留，我就踏上公交返回高知站。天色渐暗，正是回家的时候。

旅行手记

　　返回高松车站的路上，我在车站的便利店买了一份便当、一罐啤酒，结束了一天的日程。7个小时的火车，让我有足够的时间安排接下来的行程。

　　又是美好的一天。

《海边的卡夫卡》

　　小说《海边的卡夫卡》于 2002 年出版，村上春树因此书在世界范围内声名大噪。2005 年，《海边的卡夫卡》入选美国《时代周刊》年度最佳图书榜单。村上书迷们将其同《奇鸟行状录》一道评为"村上春树最精彩的两部作品"。我也是因为这本书才认识了村上春树。

　　小说中，15 岁的少年卡夫卡因为不满和厌恶这个世界，决定从东京到四国之间来一次旅行。村上春树非常景仰世界文坛巨匠弗兰兹·卡夫卡，据说在村上春树夏威夷的工作室里，还悬挂着卡夫卡的照片。他以卡夫卡为原型，假借其口表达了作者对人类社会的不合理性的反思。这本小说可以说是村上春树的文学生涯中最重要的一部作品。

02. 乌冬面之旅

 赞岐：乌冬面之乡

　　在《边境·近境》中，有一篇散文记录了村上春树的四国岛乌冬之旅。1990 年 10 月，《高级时尚》的编辑松尾每次见到村上春树，都会夸赞自己家乡的乌冬面。村上想着"那就去尝尝吧"，于是就问插画家安西水丸："一起去四国岛吃乌冬面如何？""啊，好啊，去就去吧。"就这样，三个人去了四国岛进行了三天两夜之旅。

　　日本四大岛中，四国岛虽然面积最小，但景色之瑰丽，是其余三岛不可比的。除了美景，它还以乌冬面闻名于世，引得食客纷纷前来品尝。

　　四国岛的香川县，自古以来就以"赞岐乌冬面之乡"而著称。赞岐就是香川的古称。这里的乌冬，面条粗、劲道，享誉海内外。《在海边的卡夫卡》中，主人公卡夫卡这样评价乌冬面："面条劲道爽滑，汤料鲜美无比，价格亲民低廉。吃完一碗，还想再要第二碗。好久没有吃过这么饱、这么香的一顿饭了！"

村上春树在乌冬面之旅中，一共品尝过五家店的乌冬料理。遗憾的是，其中一家已经停止营业。但我误打误撞，竟然找到两家同名（山下）的乌冬面馆，所以我也算是五家店都尝遍了，圆满地完成了乌冬之旅。

乌冬面名气之大，从电车站和地铁站随处可见的乌冬广告就可见一斑。诚如村上春树所说——"多得铺天盖地，简直让人觉得除了乌冬面馆就没有别的了。""无论去哪里都是乌冬、乌冬，好像五一节明治公园随风飘扬的彩旗，甚至觉得旅行期间从早到晚看到的全都是乌冬面馆的幌子。"在高松，当地还专门配备了乌冬巴士和乌冬出租，带游客遍览名胜古迹的同时，也顺便品尝到几家最著名的乌冬料理。

我租了一台日本国民轻型车——尼桑MARCH。五家面馆都比较偏僻，公共交通难以到达，自驾前行还是相当便利的。拿到车钥匙，我就朝着第一站——中村面馆进发。

《海边的卡夫卡》

创作《海边的卡夫卡》时，村上春树信心十足。他的这种自信是否能够传递给读者？对此，村上春树把自己形容成一个在黑暗洞窟里讲故事的人。

刚开始创作小说时，我发觉自己有很多想写但又不能写的东西。所以，我就先写那些自己有把握的内容。直到 2000 年，我才开始动笔创作《海边的卡夫卡》。可以说那个时候，我才有把握把自己想表达的内容通过文字展现出来。

——2013 年在京都大学的公开采访

我十分希望读者们能在阅读这本小说后，产生一种想要改变自我的强烈愿望。如果在一场旅行中，不能好好照顾自己，这样的旅行没有任何意义。我希望读者能同我一道，陷入小说中人物的故事中去，并且最终，小说的阅读能够为各位驱散心头的阴暗与不安。从这个层面上讲，我变成了一个道德主义者。如果把我比喻成在黑暗洞窟里讲故事的那个人，那么我更希望，我的诉说能够为身处黑暗洞窟里的人，注入走出去的力量与勇气。

——2014 年接受荷兰《NRC》日刊采访

　　2004 年，村上春树接受美国文学杂志《巴黎评论》采访时，曾谈到《海边的卡夫卡》。他说，这部小说的内容复杂，有时候虽然难以跟上情节的发展，但读起来却比较容易。整个故事富于戏剧性、幽默感，越读越有趣。他甚至用英文"翻书器"来形容一个人阅读此书时的状态。可以看出，村上春树本人对这部作品相当满意。

　　小说中还提到许多音乐。卡夫卡离开东京去四国的路上，带上了电台司令乐队的专辑《KIDA》。该唱片在日本开售时，乐队成员强尼·格林伍德说他十分喜欢村上春树的小说。村上春树对此也感到非常开心，也许这算是对乐队的一种答谢。

　　在一次采访中，村上春树对弗兰兹·卡夫卡做出了如下评论。

　　对我来说，他真的是一位非常重要的作家。大概 10 岁时，我就非常迷恋他的作品。他作品中的故事，一般都发生在一个僻静的地方，非理性因素和暴力一同上演。这种混乱的世界，与我非常接近。第一次访问布拉格时，不知道为什么，就感觉那里似曾相识。

——2011 年接受法国《世界报》采访

　　2007 年，《GQ》杂志的韩文版上，刊登了对村上春树的采访。其中，《海边的卡夫卡》是他亲自推荐的一部作品。此外，他还向读者推荐《世界尽头与冷酷仙境》《挪威的森林》《奇鸟行状录》等作品。他表示，之所以推荐这些书，是因为这些作品都充满了力量。

• • •

乌冬巡礼

FINDING
HARUKI

中村面馆

　　早晨九点多，我就到了中村乌冬面馆。蓝色的招牌板立在屋顶，分外醒目。虽然这家店很小，但来往客人络绎不绝。思忖着面馆下午 2 点就要打烊，停好车后，我就急忙走进了面馆。

　　在点餐台选好乌冬面的量和种类，老板娘熟练地把面盛到笸箩里，放入沸水。因为打算走访五家乌冬面馆，所以我点了最小份的面，配上一份炸虾。不一会儿，面就熟了。老板娘将面捞入碗中，放入葱花，一碗热腾腾的乌冬面便制作完成。

　　我端着面，来到屋外，开始享用美食。虽然制作简单，但刚出锅的面条劲道、面汤爽口，真是不可多得的美味。听旁人说，最好吃的乌冬面必须经过反复捶打，面条入嘴才爽滑可口。

据说，这家店的主人——中村父子相当有个性，他们允许客人自己煮面、拌面甚至可以亲自到后院摘葱。店家率性、面条美味，自然宾客盈门。

GAMO 乌冬

GAMO 面馆藏身于一处窄巷中，但"面香不怕巷子深"，我 10 点左右到达，门前队伍已经排成长龙。这家面馆门外景致不错，有一条清澈的小溪，抬眼即见。停车场也很开阔，有三分之一体育场大小。旁边，是一片绿油油的水稻田，整整齐齐，远远望去，竟像是一片大草坪。

排队时，前面有一群学生打打闹闹、说说笑笑，好不热闹。听着他们爽朗的笑声，排队的人的心情似乎都变得轻松起来。本来还担心食材能否供应得上这么多人，进店看到老板虽忙得不可开交，但十分熟练地将一碗碗乌冬面分递给食客，稍稍放下了心。

《边境·近境》中，安西水丸先生曾在这里品尝了可乐饼。于是，我也点了一份可乐饼乌冬面。美味的汤汁配上劲道的面条，撒上葱花，香气扑鼻，堪称人间美味。刚炸出锅的可乐饼，

外焦里嫩，跟滑嫩的乌冬口感对比强烈，但意外地和谐，可谓是绝妙的搭配。村上先生认为中村家的乌冬面最好吃，我却认为 GAMO 的味道更胜一筹。

餐厅内部空间不大，简单地摆着几张方桌。墙上到处可见各路名人造访时的照片，不过并没有看到村上先生。

"误打误撞"的山下乌冬

村上春树在《边境·近境》中曾提到琴平宫，说这里是一个消食的好地方。为了下午的巡礼，我打算先去消消食。

琴平宫里供奉着日本的海神，据说，每个日本人一生中至少要来参拜一次。中午时分，人不多，只有一些老人和一些中国的旅游团。说这里利于消食，是因为宫殿周围铺设了台阶，大大小小共有 785 组。通向主殿的路则由 10 余组台阶和平地组成。

眼前的台阶似乎没有尽头，很多人都入口处领了免费的拐杖。我深吸一口气，快速朝主殿走去。爬到一半，我就觉得有些饿了。

下午要去山下乌冬和小县家乌冬，这两家店均营业到下午 6 点左右。听说山下乌冬面馆里有村上春树和安西水丸的签名，这让我更加期待。

按照先前查好的信息，我先去了山下乌冬面馆。我在店里仔细找了一番，并没发现村上春树的签名。问店员，他一脸茫然。我才意识到找错地方了。厨师长告诉我，四国岛山地较多，所以很多店都叫"山下"。我错愕不已，再次搜索。果然，我要找的那家面馆，其实就在 GAMO 附近。

不过，这家店非常干净、整洁，店里油炸食品摆放整齐，夹取方便；盛放油炸食品的器皿也非常考究，不光有日本传统居酒屋的小碟，还有类似西餐厅里装浓缩咖啡的器皿，食客们可以根据个人喜好来选择。

旅行的好处之一，便是总能遇到意料之外的风景。

小县家乌冬

"误打误撞"的山下乌冬附近，有一家非常有名的面馆，叫小县家。它是日本第一家把萝卜碎末加入乌冬面中调味的料理店。村上春树也在书里描写过客人们手捧萝卜亲自研磨的场景。

将车开进宽阔的停车场里，从入口起，到处都贴着一只可爱的"萝卜大叔"。GAMO 家风格是一丝不苟，这里的用餐氛围则比较轻松活跃。2006 年电影《乌冬》里还出现了小县家乌冬面馆。

刚刚从山下面馆出来，实在太饱了，我只点了一碗清汤乌冬。面条上桌后，我才发现没有传说中的萝卜。原来只有酱油乌冬里才有萝卜。真可惜，功课没有做到位。因为还要寻访最后一家"真正"的山下乌冬，我只能舍弃了酱油乌冬面。

人生不如意之事十有八九。虽然没能亲手研磨萝卜，但这次美食之旅的乐趣，却丝毫未减。

真正的山下乌冬

　　乌冬之旅的最后一站，是真正的山下乌冬面馆。开了一天的车，已经熟悉了日本的交通规则，我加快速度，在打烊前 15 分钟赶到了料理店。门口，一个小伙子正在剥大葱。走进一看，工作人员已经在做整理收尾工作了。不过，老板还是热情招待了我。

　　这家的面吃法特殊，直接打一颗生鸡蛋到盖浇面上，将鸡蛋与面搅拌均匀，再一并入口。爽滑的鸡蛋配上劲道的面条，让人食欲大增。才 200 日元，真是物美价廉。如果是在营业时间，这里一定是宾客盈门。

　　在面馆一边的墙上，挂着村上春树和安西水丸的亲笔签名。（听说真正的签名已被妥善保管，只有特别的客人才有幸看上一眼。）1990 年，村上春树一行来到这家餐厅，将美味的乌冬面写入《边境·近境》。时隔二十多年，这里仍然开门迎客，不禁让人心生感动。

　　我的乌冬之旅，到此画上句号，圆满落幕。坐在江边，夕阳西下，远远近近的房屋的剪影出现在渐暗的天幕上。今天走访了五家面馆，虽然有些疲惫，但回味着白天的一切，还是觉得时间过得太快，真希望此时的满足感能够永远维持。天边倦鸟也归巢了，我也要开车回去旅馆休息，准备开启明天的新旅程。

03. 与另一个世界相遇

 濑户大桥：四国岛门户

　　结束乌冬之旅，趁着租来的车尚未归还，我去了一趟素有"四国岛门户"之称的濑户大桥。在《海边的卡夫卡》中，卡夫卡与樱乘坐晚班长途车，就是从这里进入四国境内的。当时，15岁的卡夫卡内心满是惆怅。而我将以何种心情开启接下来的旅程呢？到达濑户大桥之前，我把车停在海边，远眺大海。视野的尽头是日本最大的岛屿——本州岛，也是我下一个旅行的目的地。

　　停留在四国岛的这段日子，我究竟得到了什么？美食、美景，还有点滴心绪感怀。只要一直在路上，就一直会有收获。想到这里，我充满了力量，继续朝着濑户大桥继续前进。

　　濑户大桥是世界上最长的铁路、公路两用桥，由两座斜拉桥、三座吊桥和三座桁架桥组成，景色壮美，令人叹为观止。我走到桥下的纪念公园里远眺大桥全景。它就像一条白色的钢铁巨龙，浩浩荡荡地跨越海洋，奔向四国岛方向。桥身修长优美，斜拉桥弧度简洁，经过的五座小岛，像五颗璀璨的绿色明珠，点缀于巨龙身上。据说，这座桥用了10年、耗费巨资，可抗强震和大风。

我在观景台上选好角度，拍了几张照片，然后依依不舍地离开了。

回到高松市内，正好赶上下班高潮，拥堵不堪。我晚了半小时才上车。而租车公司友好的态度，则让我感动之余，更多了几分愧疚。真不该一看美景就忘了时间。

Tip

日本驾车注意事项

1. 日本车辆靠左行驶；
2. 在日本驾车，左右转弯时都需要看信号灯的指示；
3. 如果岔路口没有右转信号灯，可以注意对面行驶的车辆，在直行信号灯允许通行时进行右转；
4. 在导航仪中输入目的地联系电话进行线路搜索比较方便。

• • •

寻找 "入口石"

　　天色已暗。 我漫无目的地走着，内心有些惆怅。 这样的景色，这样的高松，这样的四国，不知何时还能再见？ 夜风拂过，带来喧闹的气息。 每一条街似乎都有不同的味道，唯有这喧闹，是一样的。

　　不远处有家肯德基，桑德斯上校保持着一贯的笑脸。 在村上春树的小说中，他是奸猾的。 他曾突然出现在青年星野身边，并告诉星野，如果星野与他介绍的女孩相处愉快，就得告诉他中田老人寻找的那块 "入口石" 的位置。

　　村上春树在作品中创造平行世界时，总需要一样特殊的东西作为两个世界的桥梁。《海边的卡夫卡》中是 "入口石"，《1Q84》中是首都高速三号线上的紧急楼梯，它们都拥有进入另一世界的非凡力量。

神秘的"入口石"，就在高松某一座神社的草丛里。

我先去了真行寺。神社入口处的石头上刻着汉字"真"。但我知道，这不是"入口石"，因为太大了。走进神社，小径两边樱花绽放，樱树身姿曼妙，园内花香弥漫。我一时有种误入另一个世界的错觉。

在真行寺稍作休息，我去了爱岩神社。日本人经常来这里祈求仕途顺畅。这间神社的入口也有一块石头，但显然，那也不是"入口石"。"入口石"应该藏在某片神秘的草丛里。我明知那只是小说，是虚构的，却兴致勃勃地去草丛中寻找那不存在的东西。

高松神社很多，我不能一一游览。这一路犹如《海边的卡夫卡》中神秘的探险，趣味横生，我想这就够了。

我返回高松站，在"联络船"吃了清汤乌冬面，然后乘坐海洋快线向冈山方向出发。

从哪里开始，便从哪里结束。

● ● ●

疑似"甲村"的图书馆

FINDING
HARUKI

高松还有一处不得不去的地方，那就是高松图书馆。

2002年，《海边的卡夫卡》出版之际，村上春树与读者进行了一次别开生面的见面会。当时，大家都很好奇，现实生活中是否真有一座"甲村图书馆"？村上春树表示，虽然这座图书馆是他虚构的，但灵感来自高松的一家图书馆。

高松图书馆不仅仅是一座图书馆，同时也是菊池宽先生的纪念馆。菊池宽是日本著名的小说家和戏剧家，与芥川龙之介一起主办杂志，是新思潮派代表作家。

在前去寻找"入口石"之前，我去了高松图书馆，也算是探访村上春树的一部分。

远远望去，图书馆巨大的玻璃外墙充满了现代感，跟小说中的甲村纪念馆毫不相符。

图书馆入口处标有"太阳水晶高松"字样，馆内每一层的功能都不相同。图书馆里很安静，若非行程匆忙，我定会找一本喜欢的书、寻一处舒适的位置，休闲地享受下午的时光。

旅行手记

　　这是我在四国岛的最后一夜。小说中，寻找"入口石"的那一天，刮风下雨打雷，而我的最后一夜，则在香甜的睡梦中平安度过。卡夫卡和中田在此酣睡24小时，不知村上先生当年游历这里时，是否也曾酣睡？

　　高松站的站台上，似乎只有我一人。独自旅行的人都会产生这样的愤绪吧。连日的梅雨天气，让人有些阴郁。我突发奇想——会不会在此被送入另一个时空，就像村上春树笔下的那个平行世界？

空旷无人的站台
灯光也有些寂寥

关于写作方法

　　接受过那么多的采访，村上春树总会被问及同一问题——写作时是否有一条贯穿整个创作过程的主线？作为享誉世界的文坛大家，他本人对写作又有怎样的看法？

　　我创作时，从不会给自己制定任何目标。比如，写完一章后，我就会想想，下一章该写些什么呢？一个一个章节，按照内容里时间的顺序，被重新排列起来。一本小说的创作，往往也是这样完成的。虽然不为自己的创作指定计划，但我还是会考虑整个故事发展的前因后果，根据这一原则，把自己想说的话反映在文字里。所以这其实是一个展现内心的过程，时间的顺序没有任何意义。我常常追着奇怪国家里的兔子跑，而兔子要跑到哪里去，我却不知道。

　　　　　　　　　　——2005 年在哈佛大学接受采访

　　下面这段自白中，面对同样的问题，村上春

树给出的答案充满了自信，可谓极具个性。

其实，创作的灵感有时来源于非常细微的事物。《天黑以后》是我最近完成的一部作品。 一名 19 岁的少女在餐厅里吃饭时，走来一位男士要求与她同座。 这个场景便是这部作品的开端。 起初，对于怎样在这样的空间里利用这一男一女进行创作，我并没有太大的信心。 但我还是决定相信自己，不断给自己打气。 我觉得，只要相信自己，不断鼓励自己，才能够完成创作。

——2007 年接受阿根廷《民族报》采访

现实生活里真实存在的地点经常出现在村上春树的作品中。 对他来说，这些背景资料的调查，是否也同等重要？

我不太喜欢在写作前进行缜密的调查，因为这样会限制我的想象力。但有件事真的很奇怪。 创作之前，我就能画出多崎作去芬兰寻找老朋友的地方。 后来，我到芬兰访问，小说里的地名居然真实存在，有种似曾相识之感。 高松这个地方，我一次都没去过，但却以这里为背景创作出《海边的卡夫卡》。《奇鸟行状录》里的蒙古国也是这种情况。 因此，我认为想象力比实际的照片更有冲击力。 当然我还是要稍稍查阅一下维基百科的。

——2014 年接受德国《新闻周刊》采访

04. 村上春树的批判

乘坐海洋快线列车向冈山前进，再次经过濑户大桥，看着窗外相似的风景，内心却有所不同。寻找过"入口石"，我大致能体会到，少年卡夫卡经历过成长之痛重返东京时的那种情感。到达冈山后，我并没急着去东京，而是决定先去广岛。

广岛恐怕是日本最有名的地方之一了，二战中美军飞行员对准广岛的相生桥，投下一颗名为"小男孩"的铀235核弹，一分钟后，广岛即成一片废墟。最接近爆炸点的那座幸存建筑，就是我此行的目标——原子弹爆炸圆顶屋。

到达广岛那天，阳光很好，万里无云。或许这个地方有着太过沉重的历史，我总觉得，这么灿烂的阳光并不适合这里。

　　走进圆屋残骸，隔着围栏，我看到爆炸留下的黑色锈迹和白色的建筑骨架。那隐喻着战争与和平、死亡和光明。白骨一样的建筑空壳下，青青的野草蓬勃生长，那是唯一的生命。

　　走到"原爆之子"像前，看少女双手撑起一只千纸鹤望着远方。故事很悲伤。日本女孩佐佐木祯子虽在爆炸中幸存，却患上了白血病。病友告诉她，只要折上一千只纸鹤，病就可痊愈。虚弱的小女孩信以为真，每天都努力折纸鹤，可直到12岁去世，也没能折够一千只。如今游客来到这里，大多会自发地折只纸鹤，放在铜像前表达哀思。

　　1996年，联合国教科文组织将这里列入世界文化遗产名录，是希望人类能够记住第一次原子弹爆炸的惨烈，走向没有核弹的世界。然而，几十年过去了，和平依旧难寻。在纪念核爆死难者纪念碑中，和平火焰雕塑中的火经久不息。只有当全世界没有战争时，火才会熄灭，从上世纪起，它熄灭的日子还不到10天，让人感慨不已。

　　纪念碑对面就是慰灵碑，其上铭文为"前世之事，后事之师"。纪念碑前有一些老人在默默悼念逝者。核爆时有两名韩国人因此往生，看到为他们树立的纪念碑时，我心里也是五味杂陈，只希望历史永远不要重演。

关于核开发

2011 年，村上春树在加泰罗尼亚国际奖颁奖典礼现场发表的演讲中，对日本政府的核开发政策提出了尖锐的批判。他表示，无核的生活必定是美好的。在这之前，村上春树还在耶路撒冷奖的颁奖典礼上，公开对"以色列武装冲突"进行过批判。在加泰罗尼亚的演说，可以看作是村上春树跳出单一作家身份的转折点。

我认为，在向着美好未来前进的路上，我们不能有所畏惧。因此，我们不能因为核开发带来的高效与便利，就贪图迅捷，亲手毁掉自己编织的美好梦想。时代不能没有所谓的"无核化梦想家"。而小说家要做的，就是为人类造梦，并且将这种美好的愿景，传递给每一个人。如果做不到这一点，不足以称为作家。

——2011 年在加泰罗尼亚国际奖颁奖典礼上演讲

我认为，人类是时候放弃核能，走向新的未来。我个人有信心，也有决心相信这一天终将到来。而眼下的日本政府，已然错失了这一良机。这是非常严重的一个问题。

——2014 年接受荷兰日刊 *NRC* 采访

村上春树是历年诺贝尔文学奖获奖者的热门人物，希望他获得诺奖的读者也不在少数。村上春树虽多次获得"弗兰克·奥康纳国际短篇小说奖""朝日奖""雅典国际文学奖"等多项荣誉，他对此却看得很淡。

每年的诺奖评选结束后，我才感觉自己心里的石头终于落了地。有一位固执的英国记者总问我类似的问题，甚至让我感觉有些厌烦。但我对此次艾丽丝·门罗女士的获奖，表示真心的祝贺。我最近也在尝试翻译她的短篇小说，确实非常精彩。

——2014 年接受荷兰日刊 NRC 采访

每当我听说自己成为诺奖候选人时，就十分地不安。我的内心一直住着一位读者，而写作是维持他生命的唯一方式，从这点来看，获不获奖真的没有太大关系。"铁粉"们的肯定才是最好的奖项。除此之外，别无他求。

——2011 年在夏威夷一所大学里接受采访

关于诺贝尔奖

Finding Haruki

四国岛
乌冬巡礼

　　如果你喜爱村上春树，又喜欢美食，不妨按照《边境·近境》，来一次乌冬巡礼吧。乌冬面馆位置都比较偏僻，所以租一台车比较方便。高松站附近有很多轿车租赁公司，4000日元起。周围有加油站，还车时加油也方便。

上午

中村乌冬

小村里朴素的面馆。

GAMO 乌冬

正宗的〝爽滑劲道〞。

琴平宫

供奉海神的神社。

下午

山下乌冬

悬挂村上春树签名的面馆。

濑户大桥
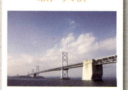
可以观赏海景，四国岛的荣耀门户。

Finding Haruki

寻找海边的卡夫卡

在小说《海边的卡夫卡》中，主角们在四国的高松产生了联系。我们不仅可以试着寻找他们的足迹，还可在这一过程中，充分享受如创作小说一般的乐趣。

上 午

高 知

大岛居住在深山里的茅草屋内。

桂滨海岸

陪远望雄伟的坂本龙马铜像。

下 午

濑户大桥

四国岛的荣耀门户。

KFC 高松店

与桑德森上校面对面。

樱之家

在罗森便利店后面的胡同里，偶然发现的小楼。

Part
4

~~~~~

东京漫步

村上春树
むらかみはるき

我的心一直沉甸甸的。

直到在东京站下车，看到粉刷一新的东京车站，心情才有所好转。时隔两年，故地重游，我百感交集。"寻找村上春树"之旅，正式进入了"东京"一章。我打算将村上春树大学时代的记忆和《1Q84》有关场景通通找到，一并游览。

"村上春树·旅"时间已过半。从阪神间、京都，再到兵库县、四国岛，我一路追寻着村上春树的脚步，来到东京。

我在一家位于高岛平站（东京地铁三田线终点站）前方的家庭旅馆落脚，这是我能找到的最便宜的旅馆了。虽然距市区较远，但规模不小。在东京的一周里，这个多人间里只住了我一人，方便舒适之外，夜深人静时，难免感到丝丝冷清。

对于村上春树来说，东京意义重大。他的家和工作室、小说《1Q84》以及其他作品中的重要场景都在东京。可以说，东京是村上春树创作的大本营，但他的创作属于全世界。无论我们身处何方，都能与他一道，徜徉于小说的世界中。

如果用一个词来概括村上作品的特点，那便是"寻找自我"。在他的作品中，主人公大多是先遗失了某样东西，而后在寻找中开启整个故事。然后又在寻找过程中，找到自我，通过"入口石"之类的特殊意象，进入另一个世界，最终获得新生。例如，《1Q84》中，主人公天吾和青豆的相遇与分别；《没有色彩的多崎作和他的巡礼之年》中，两位老朋友的绝交与冲锋。

　　小说中那些鲜活的人物在东京生活、恋爱、迷失和寻找自我。

01. 惬意的大学时代

 早稻田大学：村上春树的大学回忆

　　早稻田大学是日本私立最高学府，分为两个校区——文学院在户山校区，理工学院在西早稻田校区。1968 年 4 月，村上春树经过复读，最终得偿所愿，考入了早稻田大学第一文学院，攻读电影话剧专业。他对电影创作十分感兴趣，写过论文《好莱坞电影中的旅行种类》。

　　然而，就在第二年，日本爆发了"全共投"学生运动。或许是对此感到无奈，或许是不喜欢参加团体活动，很长时间里，村上要么待在新宿的爵士酒吧，要么待在电影院。在小说《挪威的森林》中，他曾对这段时光有所描述：当年狂热地参加学生运动的那批人，后来谈到那段往事时，都集体失忆似的选择沉默；他们陆续进入当年所谓的"大企业"中就职，平凡地生活着，内心深处也许还怀着某种失落与悔恨。或许是为了逃避这样的人生套路，村上春树在大学时就步入了婚姻的殿堂，以经营爵士酒吧为生，用了 7 年时间才完成大学学业。

我坐着都店荒川线——东京唯一一条有轨电车线路，在早稻田站下了车。这个车站最早出现在《寻羊冒险记》中。故事一开始，主人公"我"为了给一个"和谁都能睡觉的女孩"操办葬礼，去了早稻田站。

我走进校园，发现这里很热闹。4 月是开学的季节，新生报到、社团招新，一派青春与繁忙的景象。社团成员们手持标语，载歌载舞，向报到的新生解释社团的主旨；新生们则东张西望，和家长们又兴奋又期待地参观着校园，有礼貌地听着前辈们的介绍；老师们也在有条不紊地引导和讲解。穿行在人头攒动的校园里，看着朝气蓬勃的年轻人，仿佛回到了大学时光，心情一下子变得轻松欢快起来。

2007 年，我第一次来日本，当时，我心情激动地参观了早稻田大学。当时正值 8 月盛夏，校园里绿荫浓厚，令人心情舒畅。如今故地重游，虽然阅历更多了，但心情仍然那么雀跃。

我循着地图，找到了主校区通往户山校区的路线。时光荏苒，早稻田大学已焕然一新，不再是村上春树上学时的模样。但这里的每一栋教学楼、每一处学生活动中心，以及每一寸操场，都承载着他 7 年的大学时光。能够亲眼看看，我心满意足。一路上，看樱花盛开，听清风拂过，别有一番趣味。

村上春树当年上课的文学院教室空无一人。我坐下来，仿佛看到昔日的他正在听课，脸上带着无聊的神情……

木叶图书馆原型

FINDING
HARUKI

从早稻田户山校区返回主校区，我去了村上喜爱的话剧博物馆。

大学时代，村上春树在学习电影和话剧的过程中，也曾尝试剧本的创作。坪内话剧博物馆一层的阅览室，是他研读各类剧本的"阵地"。在出席某次颁奖典礼时，他曾谈起往事。"在早稻田的那段时光里，我喜欢上了坪内博物馆那古朴典雅的建筑。我还依稀记得，当年独自在阅览室里或读书，或看剧本，或构思电影剧本的场景。这些回忆，此生难以忘怀。"

走过一条安静的小路，就是古色古香的话剧博物馆。一层的阅览室就是村上春树提到过的地方，二层、三层是展示区，展示话剧的历史和往日的经典作品。三层还特别开辟出一块空间展示首尔大学附近的话剧文化。

这个博物馆，就是《海边的卡夫卡》中木叶图书馆的原型。小说中，木叶图书馆非常重要，是卡夫卡寻找自我的关键所在。此时此刻，我就身处这座图书馆内部。拱形的过道里，自然光线不足，灯光暗弱，这样神秘的感觉，就好像发现了那道通向另一个世界的大门，十分奇妙。

对于村上春树而言，坪内话剧博物馆不光承载了自己的大学时光，而且还有另一番特殊意义。2007 年，早稻田大学举办第一届"坪内奖"，获奖者正是村上春树。"坪内奖"组委会对他的作品做了如下点评："（村上春树的）作品为我们展现了现代文学发展的无限可能性。特别是蕴含在《地下》等一批优秀的报告文学中的那种强大的存在感，令人印象深刻。不仅如此，他对雷蒙德·卡佛、蒂姆·奥布莱恩等国外大家著作的潜心翻译，也为新时代日本语言文学的发展注入了新鲜的血液。"

大学伊始居住的宿舍

从学校正门往北走，穿过公路，进入村庄，再沿着村里的小胡同一直走，便能看到神田川了。这条清澈的小河，从东京东北部流向浅草桥，穿越了整个东京城。小河旁，三三两两的东京市民在这里散步放松，让我想起在《挪威的森林》中，渡边和直子在这里漫步谈天的场景。

跨过河上的驹冢桥，便看到通向和敬塾宿舍的阶梯路。这条路地势较高，坡度有些大，是早稻田大学低年级学生每天的必经之路，被学生们戏称为"心跳坡路"。这里是再平常不过的街景。我慢慢地走过一个一个台阶，爬上终点时，竟然真有点气喘吁吁。

住在宿舍里的基本是在东京地区上学的本科生和硕士生。当年入学后不久，村上春树也搬到了这里。但他自由散漫惯了，不喜欢宿舍严格的管理，没多久又搬了出去。放浪不羁大概是村上春树大学生活的写照吧。

在《挪威的森林》里，这里成了渡边的宿舍，村上借此回顾了那段旧时光——热爱自由、无拘无束的青年渡边，却生活在一个规定严苛、严肃古板的大学里，想想便让人感到郁闷。村上春树的作品能够在年轻人当中风靡，或许正是因为他自由的姿态吧。

我一路走，一路欣赏着美景。道路两旁，树木繁盛，绿意盎然。一树樱花绚烂，在一片浓郁的绿色当中，仿佛身姿绰约的女子立于青山绿水之间，别有一番意趣。升旗台边，立着一座不知名的铜像。铜像双手背在身后，好像是《挪威的森林》里那位著名的右翼领导人。

终于到了宿舍区，耳畔不时传来摇滚乐声。有趣的是，有些宿舍的阳台上挂着吊床。当年的那些严苛的规定，怕是早已取消了吧。不过有一个传统没变，那就是年轻人相遇时，无论是否相识，都要与对方以おす（日语中，青年男性之间的问候语是おはようございます的简体）问好。我背着相机，捧着平板电脑，好奇地瞅来瞅去，一看就不是这里的学生，但年轻的学子们还是很有礼貌地向我问好。我也微微点头，作为回礼。

一番寻访之后，我便心满意足地从另一扇门出去，再次回到早稻田站。

三省堂书店

FINDING
HARUKI

地铁站附近有一家经营了几十年的老店，叫三朝庵。我慕名而去，点了荞麦面和天妇罗，美滋滋地吃了一顿。稍事休息后，我再次乘上地铁，目的地是保神町的旧书一条街。

年少时的村上春树喜欢读书，但那时，他只能通过神户港的外国船员接触一些美国作品。上了大学，来到东京，他对书籍的渴求，基本都是在保神町旧书一条街得到满足的。

我找到了村上春树经常光顾的那家三省堂书店。书店创立于 1881 年，创立者是一对母子——儿子龟井忠一和母亲万喜子。所谓"三省"，即中国的古典文学《论语》中曾子所说的："吾日三省吾身：为人谋而不忠乎？与朋友交而不信乎？传不习乎？"据说，早稻田大学的创立者大隈重信先生曾将这句话赠送给初代社长，虽不知真假，但和韩国一样，日本受中国儒家文化的浸染之深可见一斑。

　　店里到处是书，但多而不乱，这应
该是所有书店共同的特点吧。我逛书店
时，恰巧是村上春树的作品《没有色彩
的多崎作和他的巡礼之年》发售一周年，
店里特意张贴了海报进行宣传。

　　书滋润了年轻作家的灵魂，让他得
以用笔来描绘世界。时光流转，作家用
生命历练出故事，故事又汇聚成册，以
书的形态进入书店，转而注入其他的灵
魂中去。人类的知识和精神便是这样代
代相传。可见，书店从来都是一个不能
忽视的存在。

　　逛完三省堂，我特意空出一段时间，
打算逛逛神保町站东边的街道。电影
《咖啡时光》就取景于那里的诚心堂书店。

　　《咖啡时光》主人公是一个二手书店
老板和一个在东京工作的女孩。影片讲
述了两人相爱后，和各自的家人之间产
生了微妙的感情变化。如果没有记错，
这部影片似乎还获得过威尼斯电影节金
狮奖提名。

　　与三省堂不同，诚心堂专营旧书，
且每本书的均价在 10 万日元以上。我

轻声慢步地走进书店，找到了浅野忠信（《咖啡时光》男主角的扮演者）曾坐过的地方，并拍了一张照片。

外面下起了小雨。我赶忙走到《咖啡时光》的另一处取景地——YIMOYA，这是一家很有特色的饭店。一进门，就听到年轻的服务员和老板热情的问候："欢迎光临！"我点了一份650日元的天妇罗套餐，其中的酱汤尤其可口。原本有些疲惫，但暖汤下肚，顿时感觉周身充满了力量。

旅行手记

　　在路上行走着的某个时刻，我会突然忘记自己，仿佛已在这里生活了许久。我深深地迷恋这种感觉，虽然它转瞬即逝。行走在人群中，似乎是在奔向下一个目的地，心却一直看着路上擦肩而过的陌生人与周围的风景。我只愿一路走下去，四海为家。

　　回旅馆的路上，在便利店里买了第二天早晨要吃的沙拉、便当和啤酒，再加一袋八宝菜（100 日元）和一小块蛋糕，俨然一副当地居民的模样。我喜欢这样接地气的旅行生活，每到一个新地方，便发现一种新的生活方式。这也是我旅行的意义之一吧。

　　我住的是家庭旅馆，虽然不如高级酒店环境好，但偌大的房间里只有我一个住户，非常舒适。

02. 霸气的青年村上

 中央线：那些难以忘怀的生活痕迹

村上春树认为，JR 中央线对于大部分日本年轻人而言，都有着不寻常的意义。现实生活中，村上先后开过的两家 PETER CAT 酒吧、与女友缠绵浪漫的三鹰、ICU 大学、作为小说背景地的高丹寺和吉祥寺的井之头公园，都在这条路上。

他的作品中也不乏中央线的身影。《没有色彩的多崎作和他的巡礼之年》中，主人公烦恼时，便会坐在中央线的站台上，看着进进出出的人群，排解心中的苦闷。

《挪威的森林》中，渡边和直子在中央线上的四谷车站偶然重逢，使小说发生了戏剧性的转折。渡边曾经感慨："如果没有在四谷站遇到直子，生活将会如何不同？"但他转念一想，又说道："即便那时没有相遇，我们总会在另外的时间、另外的地点，与彼此相识。"

　　村上笔下的人物在中央线上谈天说地、相遇相知，甚至连他们喜欢的颜色，都是代表中央线的朱黄色。 今天，我将沿着中央线，探寻村上春树成名前生活的点点滴滴。

• • •

PETER CAT

FINDING
HARUKI

    1971 年，村上春树和高桥阳子结婚，彼时，村上还是一个未毕业的大学生。三年后，夫妻俩在在国分寺附近开了一家名叫 "PETER CAT" 的酒吧。村上春树在一篇散文里写道，夫妇二人当时身上只有 250 万日元，后来从妻子娘家借了 250 万日元，才开起了这个 60 多平米的小酒吧。

    国分寺离市中心稍远。从国分寺站南口出站，走下斜坡，走进第五个路口的小巷，这就是酒吧所在地了。村上曾回忆说："当时，在 PETER CAT 周围，有许多有意思的小店，年轻人们经常光顾。"

    村上春树的第一家酒吧营业时，村上龙还在酒吧附近的武藏野美术大学读书。当年的村上龙，头发蓬乱、衣冠不整，经常在酒吧里消磨时间。1976 年，他以"离经叛道"的《无限近似于透明的蓝》正式步入文坛，并获得芥川奖"最佳新人作家"的称号。

　　三年后的1977年，村上夫妇将PETER CAT酒吧搬到了千驮谷站附近。从JR千驮谷站南出口直走，挂有橘色牌子的地方，就是第二家PETER CAT的所在地。不过，这里现在已经被一家饭店取代。第二家酒吧延续了之前的传统，爵士音乐当然必不可少，此外，酒吧还为顾客提供咖啡、酒水、三明治等。不仅如此，酒吧也为一些独立音乐人提供演出场地。总之，夫妇二人过着悠然自得、快乐幸福的日子。

　　经营酒吧的同时，村上春树也开始了写作生涯。1979年，村上春树完成了他早期的三部曲小说，即《且听风吟》《1973年的弹子球》《寻羊冒险记》，在日本文坛崭露头角。1982年，他正式决定转型为职业作家，将酒吧转让给了别人。

大学时代的浪漫回忆

FINDING
HARUKI

　　搬出和敬塾宿舍以后，村上春树住在三鹰站附近。搬来这里，是因为能离前女友更近些，方便二人见面。从此，这个普通的站台就染上了记忆的颜色，永远都是初恋的感觉。在小说《1Q84》里，主人公天吾在三鹰站忽然想起了已被他遗忘许久的青豆，我想，从前的某时某刻，村上春树也曾这样忽然想起从前的恋人吧。

　　村上高中时的恋人，就读于 ICU 大学。从中央线三鹰车站乘坐公交，便可以到达 ICU 大学的正门。ICU 大学全名为国际基督教大学，以其贯彻至今的少数精英教育与国际化而负有盛名。

　　ICU 有三分之一的教授是外国人，留学生也非常多。日本学生会接受高强度的英语教育，而外籍学生则需要接受同样高强度的日语课程。还有一个有趣的地方是，ICU 设有留学生和日本学生混住的国际宿舍，目的是促进不同国籍学生间的交流。

　　ICU 培养了很多政商界名人、学者、作家、翻译家等，听说毕业生中还有日本皇室成员。

　　正赶上学校放假，校园里有些冷清，却适合独自散步。路旁的树枝条交缠，撑起一路绿荫。我喜欢这样满目青绿的小路，也喜欢这样静谧的校园。

　　小说《寻羊冒险记》里，主人公"我"和女朋友所在的大学，就是以 ICU 为背景创作的。小说里提到了这所学校的食堂，虽然建筑已焕然一新，但精致的菜品与独特的口感却保留了下来。我点了小说中提到的炸鱼、沙拉、香蕉和冰咖啡。

● ● ●

井之头公园与堇最喜欢的椅子

FINDING
HARUKI

如果说神田川是东京人最喜爱的河，那么位于吉祥寺的井之头公园，或许就是他们最喜爱的公园了。和首尔弘大一样，吉祥寺周围也都是复古的小店和咖啡馆，而最受欢迎的，还是井之头公园。

井之头公园全程是"井之头恩赐公园"。之所以加上"恩赐"，是因为这是日本皇室于 1913 年赐予东京的土地。公园整体以井之头池和神田上水为中心建造而成，是日本的赏樱胜地。可惜我来的不是时候，又错过了一场烂漫花雨。

天色有些暗，似乎要下雨，正好消减了些许白日的热意。凉风掠过水面，撩拨着行人的头发。岸边柳树已披上鹅黄的新衣，树下花坛中，盛放着明亮的黄色花朵。人们或品尝便当，或划着小船，惬意而满足。

　　在《斯普特尼克恋人》中，主人公"我"和堇常在井之头公园畅谈梦想。堇还有一张自己最喜欢的长椅。不知哪一张是他们坐过的长椅？哪一处是他们看过的风景？我走走停停，迷失在微雨的温柔中。

　　井之头公园里，还有一处不得不去的地方，那就是吉卜力美术馆。这座美术馆是由三鹰市政府出资、由日本漫画大师宫崎骏亲自设计的。游客们可以在馆内亲自体验宫崎骏动画的巨大魅力。

　　可惜我没有太多的时间，只是匆匆而过。

●●●

NIKA 理发店

FINDING
HARUKI

1977 年，村上春树搬到了千驮谷站附近。这里有很多他生活过的痕迹，比如，他最喜欢的 NAKA 理发店。

我总觉得，村上春树品味独到，他喜欢的理发店，一定和他本人一样有个性。但事实上，NAKA 理发店很小，和街角任何一个普通的理发店一样普通，甚至可以说是毫不起眼。但村上就是喜欢这里，不仅住在附近时常光顾，搬到藤沢后，还不惜花上一个半小时来这家店。他也是个恋旧的人吧。隔了这么多年，这家理发店仍然还在，我不由得心生感慨。

千驮谷站是村上春树第二间酒吧的所在地，这里的生活趣味横生，同时也充分调动了村上春树无尽的想象力。

在《世界尽头与冷酷仙境》中，那条通往"世界尽头"的路便是千驮站；"将世界的尽头围起来的墙"实际上就是千驮谷小镇的计算机中心。把一个平凡的事物写得玄乎，就像新创造了一个世界似的，这样的笔力，除了佩服与赞叹，我不知还能说什么。

一路走来，许多村上先生住过的地方，几乎都保留着原样。我就像穿行在村上的作品中。这让我心中多了几分暖意和力量。

"创造"世界文坛巨匠的
明治神宫球场

从某种意义上来说，明治神宫球场为世界"创造"出了一位伟大的作家。当年，村上春树就是看到"东京养乐多燕子"队一名外国投手的精彩投射后，才决定走上职业作家之路的。

明治神宫球场由两部分组成。1 号球场用于举办专业的棒球赛事，2 号球场主要用于举办高校棒球赛事。我到那儿时，刚好有一场比赛，是"东京养乐多燕子"的主场。这支球队曾得到村上的支持，无论如何，这次比赛都不容错过。

我花 1500 日元，买了一张外场票。开场前，我在附近买了一罐咖啡。听说"东京养乐多燕子"的灵魂人物是宫本，我又在纪念品商店里买了一条宫本纪念围巾。

我是来旅行的，现在却跑来看球赛，似乎偏离了预定的主题。不过又有什么关系呢？村上春树在京都徒步旅行时，不也跑去甲子园看了一场棒球赛吗？

　　比赛还没开始，球迷们就已经挤成一堆，吵吵嚷嚷的，用人山人海形容一点儿也不过分。检票后，我带着买来的鱼堡与啤酒，由第一入口进，走向自己的座位。村上曾说，当时看球的场外席还是一片草坪，躺在上面就可以看球。而现在，草坪已经被一排排整齐的座椅取代了。

　　晚上 6 点开场。

　　比赛很激烈，一开始横滨队就发起了猛烈的攻势，主场球队抵挡不住，以 1∶0 暂时落后。第三回合时，第一名投手下场。到第九回合，替身队员代替 4 号击球手成功盗垒。比赛最终以代打手在 2 垒遭受跑垒而结束。

　　比赛结束后，球迷们对走出球场的教练高呼："明日再战！加油！"自己喜欢的球队败北，总是一件令人失落的事，但球迷们以积极的态度鼓励球队和教练，我想，这就是所谓的体育精神吧。难怪村上说，他无数次为球场的情景而倾倒。

关于 PETER CAT

　　1974 年 PETER CAT 开业时，村上春树接受了 *JAZZ LAND* 杂志的采访。从这篇有趣的采访稿中，我们可以看出一名 26 岁（已婚）青年的热情与对酒吧的执着。

　　Q：在你看来，想要开一间酒吧，需要有怎样的特质呢？

　　A：应该无所畏惧、勇于尝试。

　　Q：最不需要哪种特质呢？

　　A：应该是信息吧。

　　Q：你不觉得应该先把大学上完再开酒吧，会更好吗？

　　A：我觉得把毕业证照片印在酒吧的菜单上会比较好。

　　Q：客人们对您选择播放的乐曲会不会有所不满呢？

　　A：的确有客人向我反映过这个问题。但我觉得这并没有什么好担心的。这是我自己的店，我想怎样就怎样。就看你自己想不想挣钱了。赔钱了就换个地方再开，也不过如此。

Q：对于那些喝醉了耍酒疯的人，你是怎么处理的？

A：有部老电影叫《叛舰喋血记》。我会把舰艇上的叛乱者一并赶出去。

　　这是村上春树成为作家前，以酒吧老板身份接受的采访，现在看来非常有趣。1979 年，PETER CAT 搬迁至千驮谷。后来，村上春树发表了处女作《且听风吟》，接受朝日新闻采访时，他如是说——

Q：您还会继续经营酒吧吗？

A：酒吧里年轻的作家们渐渐多了起来。不久前，中上健次先生（比村上春树大 3 岁，曾获芥川奖，46 岁逝世）和这些年轻人还在我的酒吧里畅所欲言、分享创作感受。不过，他的作家身份，也许很快就会被别人知晓。但我认为这种相互交流、相互沟通的场所十分重要。我非常欢迎各位来我的酒吧里喝酒、品咖啡、听音乐，但不喜欢除此目的之外的来访。

　　之后，村上春树又创作了两部小说，最终把酒吧转让给了熟人，走上了专职作家的道路。

妻子 / 孩子

　　村上春树说，妻子阳子是其处女作《且听风吟》原稿的第一位读者。她尖锐地指出作品的不足之处，并直接进行了修改。外界一直鲜有村上阳子的消息，但可以确定，她一直都在从事文学创作。

　　妻子是我第一部小说的第一位读者。我向她推荐了自己的作品，她对此还有些许抱怨，说不太想读。读过之后，似乎也不怎么感兴趣。

——2014 年接受美国文学杂志《巴黎评论》采访

　　我不知道自己一年能挣多少钱，我也从不关心，更不知道家里一年要交多少税，实在是懒得过问。我的账目一直都是由会计和妻子共同管理。我只负责码字。虽然我们夫妻二人偶尔也会拌几句嘴，但毕竟忠言逆耳，她总会给我一些好的建议。现在的我可以轻易与自己的编辑说再见，但万万离不开自己的爱人。

——2011 年接受英国《卫报》采访

　　虽然她不写小说，但批评起我的作品来，丝毫不留情面。只要我对自己作品里的某一处稍有不满意，拿给她看之前，都会私下改上好多遍。我曾经和编辑，还有我爱人，三个人一起对作品进行过终审。在这一点上，妻子无疑给了我很大帮助。对了，她做菜的手艺也没的说。

——2007 年接受阿根廷《民族报》采访

村上春树在很多采访中均坦言自己并无子女，他选择做"丁克族"的理由又是什么呢？

我爸妈都住在京都，离我比较远，我甚至都不太了解他们生活的现状。我自己也没有小孩。我觉得如果有了孩子，人就要不可避免地进入一个庞大的群体中。但我只想和妻子享受我们的二人世界。

——2003 年接受奥地利《新闻报》采访

我不认为自己属于日本文坛的某一个团体，这本身就与我毫无关联。要知道，我不同于其他日本作家。我不喜欢在电视上抛头露面，也从不在大学里讲课，从不撰写报道，甚至都很少在自己的作品封面署名。我有艺术家、音乐家、画家朋友，而我自己，只是在平平凡凡地码字。

我相信您大概也有所耳闻，我每天要记录、收集资料、写作、和爱人相处、照顾猫、运动、读书，还有喝啤酒，都快忙死了，以至于有些人说我毫无"社会责任感"。但我认为，一个作家最大的"社会责任感"，就是创作出优秀的作品。

——2011 年接受法国《世界报》采访

03. 高速公路休息区与村上的工作室

 不可思议的存在

《海边的卡夫卡》是村上春树的第十部小说。

少年卡夫卡 15 岁时，为了逃避"弑父娶母"的预言，他离开了东京，前往四国岛；老人中田则因误杀了虐猫者琼尼·沃克，也做出了同样的选择。

离开东京后，善良的中田在港北休息区遇到了青年星野，这才有了后来寻找"入口石"的惊险旅程。港北休息区就是这样一个不可思议的存在。

对于休息区，村上春树曾借星野之口，说休息区不过是供人们短暂停留的地方，人生也是这样，匆忙而短暂。

●●●

港北休息区
和富士川休息区

FINDING
HARUKI

很少有人把高速公路休息区作为景点。不过正因如此，这次旅行才更加不同寻常。老人中田和青年星野相遇于港北休息区，又共同乘车走过了富士川休息区。这两个休息区里发生的故事、蔓延的情愫，值得我走这一趟。

在青叶台站乘坐公交，15 分钟后下车，再步行大概 1 公里，就是港北休息区。这里有食品店、小超市、卫生间以及餐厅等，基础设施一应俱全，还有一个宽敞的停车场。

我走进餐厅，点了一份中式盖饭，并尝了小说里提过的免费绿茶。稍事休息，继续出发。虽然是在高速公路休息区，人们似乎并不着急去办事，都是一边听歌，一边看书。见此情景，我也不自觉地慢下脚步，找寻着小说里出现过的景物。

我步行返回车站，坐车去了富士川休息区。在这里，中田与星野目睹了年轻人之间的暴力斗争，天上还莫名下起了蚂蟥。

富士川休息区和普通休息区并无明显的不同，只是因为距离富士山近，看起来似乎就有些特殊。这里不但能买到和富士山相关的纪念品，据说坐在星巴克里，还能欣赏富士山秀丽的风光。可惜天公不作美，我到那儿时，天色昏暗，光线不足，看不到富士山。

这里一共有两个休息区，分别在公路的上下行方向，由通道相互连接。《海边的卡夫卡》中提到的是下行线路旁的休息区。

• • •

表参道高档住宅区

FINDING
HARUKI

为了寻访村上工作室的旧址，我去了东京港区的青山。

我先到了表参道高档住宅区。 在村上春树的笔下，这里是那些所谓的"成功人士"居住的地方。

其实，表参道最初只是明治神宫正面参拜的道路，后来扩展到周边区域，并成为日本时尚的发祥地。 主街从神宫前十字路口延伸至青山路口，长约 1 千米，集中了众多大牌店，以及风格独特的设计师店。 不过最吸引人眼球的当数表参道 Hills，这是表参道的标志性建筑。 这个高端购物商场不仅云集了诸多世界名牌，还有些只开在这里的顶级品牌或独家发售的限定单品。

繁华的街道上，到处都是现代感十足的建筑物。 日暮时分，灯光亮起，通透的建筑立马变得富贵而华丽。 我看着来来往往的人群，不知会不会和《舞！舞！舞！》中的男主角五反田偶然相遇呢？

　　表参道站附近有一家"大坊咖啡"，村上曾在散文中提到过。我到那儿时，咖啡店已经快要打烊了。能在闭店之前体验一番，实属幸运。咖啡店的储物架上摆满了书。我随意找了一本，一边听着爵士音乐，一边喝着香醇的咖啡，不紧不慢地翻看着。偶尔抬头看看门，想着不知下一秒，村上会不会推门进来？

村上春树工作室旧址

FINDING
HARUKI

工作日时，我一般就住在市区，每天上下班往返于住所与工作室之间。每逢周末，我便到东京市郊的那处房子里去住。我每天起床比较早，一般都是早晨4点。因为我觉得独处可以为自己营造一个良好的工作环境。每天我都会坐地铁上班，在工作室里专心工作。我的助手每天11点才上班，可那时，我基本已经完成当天要做的事情了。然后，我会空出下午的时间来运动。

——2003年接受奥地利《新闻报》采访

每当新书出版，村上春树就会在工作室接受国内外记者的采访。遗憾的是，我刚踏上旅程，村上的工作室就宣布关闭了。从近期对村上的采访看来，新的工作室很可能不在日本，而是会搬到他目前的所在地——夏威夷。 如果我的预测成真，或许可以计划一次夏威夷之行。

村上的旧工作室藏身于居民区之中，位置很不显眼，我花了一番功夫才找到。 工作室内部正在装修，已经看不出原来的样子了。 我随意逛了逛，准备去往下一个目标。

我沿着来时的路，回到表参道站。 附近有一家名为"青山图书中心"的地下书屋，村上春树经常光顾。 据说有人曾在这里见过村上本人，却忘了要签名。 我就总揣着一个幻想，似乎来到这里便能碰到他，尽管实际上，这种可能性微乎其微。

从书店出来，我又去了附近一家牛舌料理店。 啤酒与菜肴的美味恰如其分地融合在一起，令人食欲大振。 饱餐过后，我走在表参道的大街上，看着夜景，也觉得格外迷人。

微风习习，心情愉悦。

关于饮食

村上春树的文学作品里常常出现意大利面。他是怎么看待这道意大利传统美食的呢？

现如今，意大利面已在世界范围内被人们广泛接受并喜爱。在煮熟的面条上，浇上黄油，让黄油自然地化开；再加上新鲜的海胆，最后再撒上一些芹菜，一道制作过程简单的美食就出炉了。我的确非常喜欢吃意大利面。

——2005 年在哈佛大学接受采访

村上作品中的意大利面多半与"孤独"有关，尤其是《奇鸟行状录》里，有一段制作意面的描写，更是如此。

我结婚之前，经常独自做意面吃。确实是挺孤独的。这种孤独感，在一个人制作意面时，就自然而然地涌上了心头。不过，我想您也大概知道，做三明治的时候，就不会有这种感觉。意面这东西，很奇怪。

——2005 年在哈佛大学接受采访

饮食在村上春树的作品中意义重大。那么，在村上春树眼里，"理想的一餐"是什么样子的呢？

我很喜欢这种感觉：在不知道要吃什么时，打开冰箱，拿出沙拉酱、鸡蛋、豆腐，还有西红柿，把这些材料都用上，做一道只属于我自己的菜肴。而这道菜，就是我最喜欢的。没有任何的计划或是准备。

——2008 年接受美国《时代周刊》采访

《1Q84》截稿后，他在接受新潮社采访时说："我有四大原则：充分保留汤汁，选择新鲜蔬菜，控制烹调时间，尽量不使用调味料。"不过，这样做出来的菜，会是什么味道呢？（这篇采访刊登在《文学园地》2010 年秋季号上）

04. 漫步《挪威的森林》

 遇见直子、绿子

　　《挪威的森林》中，女主角是直子和绿子，她们分别代表了渡边的"迷失"与"重生"。渡边和直子、绿子都是在东京相识的，这里留下了不少经典的场景。此行，便是去寻访他们浪漫的邂逅地。

相遇从四谷站开始

渡边和直子一年未见，却在中央线的列车上偶然相遇了。直子突然提议下车。那一站，就是四谷站。外向爽快的直子走在前面，稍有些木讷的渡边悄悄跟在她后边。他们这一走，就是9公里，最后饥肠辘辘，疲惫不堪，在饭店一块儿吃了面条。

天空飘起了雨丝，这样的天气似乎不适合步行，但我仍想要沿着他们走过的路，慢慢走一回。一个人，谈不上浪漫，不过是想在行走中，感受主人公的心境——或者说，是村上的心境。

从四谷站北口出，直走，然后右转，便能看到一座堤坝。堤坝下是神田川的一条支流。我沿着河堤缓步走着，伴着微雨，也算惬意。可是，到了市谷站时，雨突然下大了。我不得不打起了伞。再往北走，是饭田桥站——渡边与直子曾在那里散步。他们看到了什么？

　　路边的长椅上，两个穿着黑色冬季制服的小姑娘，坐得端端正正的，似乎只有她们周围没有被夏季的阳光所炙烤。她们满脸幸福与喜悦，在阳光下开心地聊天。

　　走过游乐场，便看到了"路边的长椅"。没有炙烤大地的夏日阳光，没有开心地聊着天的小姑娘，街上有一丝落寞，长椅保持了沉默。

　　再向前走，经过饭田桥与水道桥两座车站，最后到了御茶水站。这之后，小说没有再继续描写。

　　散步快结束时，渡边终于开口了："直子在前面走，我就一直跟在她后面。"而我想说："我也一直跟在你们后面。"

　　渡边与直子结束"约会"后，来到小松庵里的一家面食料理店，点了两碗热腾腾的面条。当我走进面馆时，胸中涌动着一股热流。

DUG 酒吧

FINDING
HARUKI

　　绿子和渡边逃课，然后跑到 DUG 酒吧喝伏特加。绿子连干五杯后，跌跌撞撞地走上楼梯，不小心摔在了上面。按照小说的指示，从新宿站西出口出发，步行至纪伊国屋书店，沿着这家书店所在胡同往深处走，便能看到酒吧了。

　　一夜细雨，清晨起来，空气清新异常。我本想循着小说的指示寻找着酒吧，结果却在大街上看到了 DUG，而且相当显眼，根本不在什么胡同深处。小说毕竟是虚构的。

　　我走进门，视线立马就被楼梯吸引了。每一级都很高，就算绿子没有喝酒，也很容易摔倒吧？楼梯连接着地上与地下部分。我小心翼翼地走着，仿佛走在《世界尽头与冷酷仙境》中那段通往地下世界的台阶，周遭俨然生出一股神秘的气息，使我不由得兴奋起来。

　　地下的酒吧里，简单地摆着几张桌子。客人不多，我挑好位置坐下，先用啤酒润了润嗓子，然后开始品尝伏特加。和老板聊天时，我才知道这间酒吧从未易主，一直都是他在经营。村上春树能将他的酒吧写进小说，他感到很自豪。

　　我不禁想起了神户三宫的那间"HALF　TIME"酒吧。和投缘的人聊天，常常忘了时间。

关于 《挪威的森林》

　　《挪威的森林》是村上春树打算创作现实主义小说时的一部转型之作。用他自己的话来说，"就是在为下一阶段的创作做准备"。

　　《挪威的森林》完全是从现实主义的角度出发创作而成。在之前的创作生活里，我总觉得，作家也要有所升华、进步，要有所突破，或与其他作家同台竞技时，绝不能输等等。但是，明明写的就不是自己心中所想，最终还成了畅销书，这令人惴惴不安。我认为，如果没有《挪威的森林》做铺垫，也就不会有日后的《奇鸟行状录》。

　　　　　　　　——2013 年在东京大学工学院接受采访

　　《挪威的森林》从头到尾都是用现实主义的笔触进行创作。因此，我也一下子充满了与现实主义作家们一争高下的自信。继"我与鼠"四部曲之后，我又创作了《舞！舞！舞！》，觉得自己这一阶段的创作应该告一段落了。旅居意大利和希腊时，我又完成了两部长篇小说，积累了一些经验。而我本人，也即将步入 40 岁。站在人生新的起点上，我想，我的创作也应该追求一个新的高度了。

　　　　　　——2012 年在 MONKEY BUSINESS 对话川日出男·

　　村上春树作品的海外译本，也都基本采用日文版的原始书名。 那么，书名对村上春树来说，又有什么特殊意义呢？

　　我动笔写小说时，一般都是先定题目，然后才开始创作。 但之后《挪威的森林》是个例外。 刚开始，我并没有定题目，只是一直往下写，最后通过深思熟虑，才敲定了这个题目。 不过，在写作的过程中，我一直都在思考书名的问题。 这就好比是鸟儿孵蛋一样。

——2011 年接受德国《新闻周刊》采访

　　在小说《挪威的森林》里，作者将主人公渡边安插在 20 世纪 60 年代的学运浪潮中。 但在村上春树的笔下，这位参加学运的男主角的性格似乎有些冷漠。 作者这样安排的目的又是什么呢？

　　其实我对政治十分感兴趣。 我有自己的主张，并且会为了实现自己的主张而付诸行动。 不过，我不相信任何一个团体。 我从来没有参加过任何一个政党或政治团体，成为他们的一员。 当年的学生运动，我也曾动过参与的念头。 不过，我习惯了独来独往，似乎也无法参与他们的活动。 我已经习惯于一个人做事，一个人生活，这就是我的风格。 所以，我很欣赏《挪威的森林》里渡边的性格。

——2003 年接受奥地利《新闻报》采访

　　由此，我们基本可以判断出，渡边其实就是现实生活里的村上春树，两人拥有太多的共同点。

05. 走进《1Q84》的世界

 寻找天吾与青豆

"你的天空里，有几个月亮呢？"

这句话的潜台词是："你是不是也有一个想忘却忘不掉的人？"

我把《1Q84》看作一部爱情小说，因为那份遗失后又找到的爱情是那么令人震撼。在游乐园的滑梯上，天吾和青豆紧紧握住彼此的手，似乎就是永恒。

这是小说第三卷的结局，很多人并不满意，因为不够清楚明了。我倒希望故事就此结束，以留给读者无尽的想象空间。

村上春树凭借这部作品，获得了幻想文学大奖与雅典外国文学奖。雅典外国文学奖对这部作品的评价是：

"在反乌托邦世界中，成功塑造了乌托邦式的美好爱情；一部集结了抽象美术元素的现实恐怖之作。"尽管如此，我记住的，还是小说里那令人难忘的爱情力量。

《1Q84》里有这样一个片段：天吾和深绘里去见老师，相约在中央线新宿站站台上碰面，之后乘坐特等列车到达二俣尾车站。

我到达二俣尾时，天空飘着雨丝。群山环绕，风景秀丽。正赶上休息日，很多人都选择来此放松。难怪村上春树安排老师住在这里。这座小村庄坐落在东京郊外，人少、安静，出了村子就是山路。深绘里父亲的朋友，也就是一直照顾深绘里的老师，就住在山脚下的某个地方。

《1Q84》里说这座车站附近空荡荡的，什么都没有。实际上，车站旁边有一家小超市。我在里面买了面包和绿茶。这些天一直在都市穿行，难得见到日本的乡村风光，漫步其中，颇有几分浪漫。

• • •

天吾父亲弥留之地

　　村上作品中的主人公大多在 20 ～ 30 岁之间。 他们独自生活在大城市，不受家庭或社会生活的约束。 他们是反叛的，不断地反思着自身的困惑，勇敢地追寻着问题的答案。《海边的卡夫卡》里，主人公虽然年仅 15 岁，但也从家里逃走，独自去往四国。

　　然而，天吾不一样。 他对父亲怀着一种难以言说的情感，最后也接受了与父亲的和解。 这或许是因为，在创作期间，村上春树的父亲去世了，村上希望借天吾这个角色理解父亲吧。

　　天吾的父亲最后住的医院在千仓站。 坐上列车，两小时后，到达终点站——安房鸭川，稍作等待，去往千仓的普通列车到了。

　　千仓站看上去很普通，不过据说千仓是避暑胜地，每年夏天，游客们都会蜂拥而至。 我在这里并没有奇妙的经历。不过在小说中，天吾在去医院的途中遭遇了空气蛹，并和医院的护士产生了奇妙的情感。 本来一个平凡无奇的地方，经过一个故事的演绎，生出几分神秘之感，这就是文学的魅力吧。

乘坐京叶线列车离开之前，我发现了一家名为"HOME MADE 咖喱"的饭店。 想起小说里天吾曾吃过的咖喱料理，心中荡起涟漪……

《1Q84》开始的地方

FINDING
HARUKI

　　《1Q84》中，首都高速公路上的紧急楼梯意义重大。它是穿越到平行世界的大门。1984 年，主人公青豆从这里穿越到了 1Q84 年，后来也试图与天吾一道从这里逃走。

　　出发之前，我在网上看了一些攻略。很多人说所谓的"紧急楼梯"其实并不存在。甚至连日本国内出版的杂志都明确指出，紧急楼梯不过是作者虚构的一个地点罢了。但我不甘心，我相信村上春树一定是从某一处楼梯那儿获取了灵感，才写出这样精彩的小说，这是他一贯的风格。功夫不负有心人，我居然找到了这个神秘的地方。

　　看见台阶的那一刹那，我仿佛走进了《1Q84》的世界。不远处还有一个警察局。小说里，青豆向一名佩枪的警察讲述了自己由另一个世界穿越回来的"咄咄怪事"……现实与小说渐渐混淆，似乎有一股无形的力量，要将我吸入小说的世界里。

我在首都高速 3 号线的"紧急楼梯"附近徘徊了许久。某一时刻，眼前模糊起来，看到一旁的出租车也忽然亮起了紧急灯，好像是在等待青豆的归来。那一刻估计是整个"寻找村上春树"之旅中，最令人激动的瞬间了。

沿着首都高速 3 号线一直走，经过一段坡路后，就到了涩谷。《天黑以后》中的所有故事都发生在这里。这部小说以涩谷的红灯区为背景，主人公是一对姐妹，从凌晨到次日凌晨经历了一桩惊险的杀人事件。

村上春树用细腻的笔触深刻地剖析了人性之恶，令我久久难以忘怀。虽然没能找到小说中提到的主题酒店，但途经"旅馆一条街"，找到了故事中出现的星巴克和 711 超市。

紧急楼梯附近的警察局

青豆乘坐出租车走过的首都高速入口

涩谷旅馆一条街入口

●●●

"先驱"领导被杀之地

FINDING
HARUKI

　　青豆在大仓酒店内杀死了"先驱"的领袖。读过《1Q84》的人都知道，"先驱"是一个团体，其背后有着不属于这个世界的 little people，他们能够制作"空气蛹"，并通过"空气蛹"来到这个世界。"先驱"的领袖以前是学运分子，在 1Q84 年成为邪教组织的头目。因为他侵犯少女，"女主人"便委托青豆杀了他。

　　这家酒店位于东京六本木，是日本最大的国际五星级酒店，与东京帝国饭店、东京新大谷饭店并称为"御三家"。国外知名人士到访时，也常常下榻于此。村上将"先驱"的领袖安排在这里，实际上就是为了突出他的地位之高。

　　大仓酒店以日本文化的守护者自居，拥有 50 多年的历史。其建筑融合了东西方的建筑元素，内部雄伟壮丽，而外观呈草绿色，看上去又有一种沉静的古朴之美。

　　小说中，青豆暗杀领导的那一天，雷电齐鸣、暴雨不止，整个酒店变成了一片汪洋。但实际上，大仓酒店在一个小坡上，地势相对较高，没有被水淹的危险。

　　要是有一天，我也入住了这家酒店，一定会激动得难以入眠。我会忍不住期待，在一片漆黑中，青豆会不会突然出现，并和我说话呢？但一想到她是来刺杀领袖的，心底不免颤了颤。

天吾与青豆相遇的地方

FINDING
HARUKI

首都高速公路 3 号线上的紧急楼梯是两个不同世界的连接点，而高丹寺公园则是天吾和青豆两位故人重逢的连接点。 他们最终重拾往日回忆，找到了彼此，证明了爱情的力量。

从高丹寺站向南走一会儿，就是高丹寺中央公园。 里面有一个小型游乐场。 距离小说描写的 1984 年已经过去很久，公园里的景色自然也不尽相同。 但能够站在这里，感受着相似的氛围，我已经心满意足。 坐在公园的长椅上，我不禁联想到了书中的世界——那栋六层的公寓大概就是天吾住过的吧？那张泛黄的长凳他们也坐过吧？如此这般，眼前的景物似乎转而变了模样，成了 1Q84 的世界。

落日的余晖染红天际，我目送着夕阳离去。 我重拾《1Q84》

第三卷，再次品读天吾与青豆二人重逢的片段。如果还有下一卷，解决"先驱"团体的问题后，二人还会不会再次出现在这里呢？

关于《1Q84》

　　2009 年问世的《1Q84》是村上春树极具代表性的长篇巨著。他本人是怎样看待这部人物众多、情节复杂的作品的呢？

　　《1Q84》的前两卷与第三卷，相隔一年陆续问世。其实，这部小说的创作灵感来源于一个非常细小的事件。我看到有个人从高速公路的紧急楼梯上下来。我就想，她会不会是有什么事情啊？我就是通过这样一件小事，开始构思这部作品的。起初，我并不知道她的任何信息。但我正是凭借这样的好奇心，带着一份"无从知晓"的神秘感，完成了这部小说的创作。

　　——2014 年接受荷兰《NRC》杂志采访

　　《1Q84》囊括了 1995 年震惊世界的阪神大地震和东京地铁毒气事件。这两件事对村上春树产生了怎样的影响？

　　从大地震、沙林毒气事件，再到 2001 年的"9·11"恐怖袭击，我对社会问题的关注与日俱增。 我认为,地震与地铁恐怖事件宣告着日本高压社会体系的全面崩溃。我们必须转变现有的生活方式与态度。 我们必须认清存在于我们每个人人性中的那份"恶"。(中略)由此,我开始关注那些深陷地下组织牢笼的人,以及他们饱受煎熬、充满压抑的内心世界。 日本人原本的平和、温润,在地震和毒气事件面前荡然无存。"9·11"事件发生后,我们认为自己可以高枕无忧,但这种思想实际上暴露了人类世界信任感的倒塌。我们原有的自信,在混乱中变得如此不堪一击。

——2011 年接受法国《世界报》采访

村上春树说,他在创作《1Q84》时曾遇到过一段艰难时期。

我的笔下描述的是一个没有手机、没有网络的时代,更是一个困难重重的时代。 也许有不少读者已经发现了我小说中的种种错误。 因为在书中,主人公想要得到某个东西,没有互联网,就只能到图书馆去。过去的那些日子,生活节奏好像也没有现在这么快。 不过,主人公们的这些遭遇,恰恰构成了一部精彩的小说。

——2011 年接受西班牙 La Vanguardia 杂志采访

《1Q84》里的女主角都十分漂亮、充满魅力,符合男人心目中的女神形象。 村上春树本人在创作时,会不会也曾为她们而痴狂呢?

我喜欢比较强势一些的女性，《1Q84》里的青豆就是个例子。其实，在我作品里的某些片段中，我更注重对女性的描写。虽然在小说里，天吾与青豆的性格截然不同，但他与我却比较相似，所以我对他的一举一动都十分地了解。但对我来说，塑造青豆这个人物是一种挑战。我必须要把自己的想象力提升一个层次。不过我并没有爱上自己笔下的任何一个人物。

青豆与福楼拜笔下的包法利夫人十分相似，她们在小说里起着举足轻重的作用。但我在写作时，还是要时不时地提醒自己，必须以主人公的身份写下一字一句。写完青豆的部分，接着就该构思天吾的故事。这样才能不顾此失彼，达到一种平衡的状态。从一个场景到另外一个场景，从女主角到男主角。我并不偏爱某一人物，也无心贪恋任何一处风景。但作为讲故事的人，如果我愿意，故事里的任何一个地点，随时都可以去。

——2011 年接受德国《新闻周刊》采访

村上春树对作品里出现的"小人物"，是怎样解释的呢？

各位完全可以把这些"小人物"看作是有组织、无思想的一群人。他们一般都出现在黑暗的时代与地点中。我可以想象，这群人千百年前就已存在，以及他们想要的究竟是什么。但我不认为我要把这些信息全部都传达给读者。 如果大家通过阅读，能够接受社会中这类人确实存在，但其存在绝不合理这一事实，就足够了。 这一股力量，存在于我们每一个人的生活当中，巨大且不可抗拒。

——2011 年接受法国 *Le Point* 周刊采访

2011 年，村上春树获得加泰罗尼亚奖。 远赴西班牙时，他曾提及《1Q84》第四卷的相关信息，令读者们充满了期待。 那么，第四卷真的会与大家见面吗？

我想，我还是会继续创作第四卷吧。 不过在新的故事里，天吾也许已经变得很老了。

——2011 年接受西班牙 *La Vanguardia* 杂志采访

09. 世界尽头与冷酷仙境

 现实与理想世界的抉择

　　《世界尽头与冷酷仙境》是村上春树的第四部长篇小说。作者在这部作品里首次尝试描写两个平行的世界，使读者耳目一新。村上春树也借这部小说，荣获了"谷崎润一郎"奖。

　　村上春树每每解释自己的作品时，总会提到一个故事。这个故事也是《世界尽头与冷酷仙境》的主题。2003年，村上春树接受奥地利《新闻报》采访时说：

　　这部小说的主题与希腊神话里俄狄甫斯的故事有关。为了寻找亡妻，俄狄甫斯潜入地下，进入冥界。他相信，地下一定存在一个与人类世界平行的空间。我对此也深信不疑。不过，这其实带有某种象征意义。就拿我们住的房子举例吧，有地下室，地上一层、二层。但我相信，地下室下面，一定还有一个巨大的储藏室。如果我们想去，就一定可以去。于是，我把自己的这种执念，植入到自己的作品中。

2014 年接受荷兰《NRC》采访时，曾有记者问到："在您平常创作时，如果想要凭直觉构思一部作品，是否会在如何行文，如何处理作品结构上面感到心力交瘁呢？"对此，村上春树回答如下——

这部小说其实是在刻画两个相互平衡的时空。其实，我一开始并不清楚该如何去构造这两个世界，或者如何将这两个世界连接起来。但我心里一直在想，这部小说肯定会写得很出彩。这就好比，我必须设计一款即便是没有我也能够正常运作的游戏，玩家自然会明白游戏规则。正因如此，我想，读者应该也能够自行解读小说里的奥妙之处吧。

我想，也许该结束这场寻找村上春树之旅了。如果说，此时此刻我正站在"世界的尽头"，那么是时候返回"冷酷仙境"了。小说里的主人公，最后选择留在世界的尽头，而我只想把自己留在村上的作品中。

日本近现代文学集大成之地

　　乘着春风，我来到了东京都目黑区的日本近代文学馆。两层的小建筑，看上去很普通，没有一般博物馆的气概，但了解历史之后，我深刻地感受到了它的厚重。这座文学馆是1967年由日本政府出资修建的，第一任馆长是日本历史上第一位诺贝尔文学奖获得者——川端康成。日本明治维新以来的图书资料和档案文件都保留在这里，因此，这是日本作家的朝圣之地。值得一提的是，这里还藏有村上春树翻译的《雷蒙德·卡佛全集》。

　　文学馆的院墙上爬满了绿色的藤蔓，空隙里挂着一个介绍说明牌。院子保留了日本一贯的整洁。不知名的红绿相间的植物修剪得整整齐齐，环绕着低矮的小楼。有的地方空旷，有的地方则是树木掩映，居家一般小巧精致。

除了宽敞明亮的阅览室，这里还有专门设计的研究室、展览厅和礼堂。消毒、复印和放大设备也一应俱全，非常人性化。

文学馆不大，我随意走着，最后找到了 BUDAN 餐厅。

这家餐厅在文学馆一层。餐厅里播放着爵士音乐。一男一女两位服务员熟练地将我指引到座位上。《世界尽头与冷酷仙境》中曾出现过斯特拉斯堡香肠与沙拉套餐，光是名字就已经很吸引我。我一边听着音乐，一边品尝着美味。

这家店很有意思，店里提供的都是作家们喜爱的食物——不只是日本作家，还有莎士比亚。他们如何得知作家们喜欢吃什么？

《世界尽头与冷酷仙境》中的主人公"我"，就是在这里迎来了人生中最后的晚餐。虽然我的"世界尽头与冷酷仙境"之旅也即将画上句号，但我只能选择某时某刻走出餐厅，走向来时的车站。

BUNDAN 餐厅
地址：日本近代文学馆内
营业时间：09:30—16:30

●●●

"冷酷仙境"的最后一瞥

FINDING
HARUKI

《世界尽头与冷酷仙境》中，"我"和女孩驱车来到日比谷公园，两人席地而坐，将买来的啤酒一饮而尽。接着，他们将车重新开到晴海码头。主人公选择在现实的"冷酷仙境"里结束自己的生命，与影子作别，但其精神却永远活在了"世界的尽头"。

这是我第二次来日比谷公园。在我看来，高楼林立的市区中，它是最有魅力的存在。我到达时，公园里静寂无人，"犹如飞机全部起飞后的航空母舰甲板那样空旷而静谧"。四月是舒展的时节，花草树木皆展现出了最美好的姿态。我坐在长椅上，看天看地，看白云看飞鸽。覆在头顶的一片绿荫，让我和大自然亲切地拥抱在一起。我真的不愿离开这温暖而亲切的怀抱。

"我"在这里喝光了啤酒，看着玩耍的小孩和飞起的鸽群，跟每一位读者自白，关于梦想，关于幸福，关于存在，关于价值。

这个结尾，完美地暴露了村上春树重视自我和个人意志的精神世界。面对相似的情景，再回忆书中的情节，我也不禁开始思考起这些问题。

从日比谷公园乘坐3路公交车（200日元），终点就是晴海码头。《世界尽头与冷酷仙境》中，"我"开车来到港口，将车座后背放倒，双脚放在方向盘上，任阳光温柔地抚摸着眼皮。听着鲍勃·迪伦的《轻拂的风》，想象着雨幕。霏霏细雨，润湿了一切，直到变成模糊不清的不透明雨帘，笼住意识。从此，冷酷的仙境就少了一个"我"。

我听着鲍勃·迪伦的歌，走到码头。那边正在举行轮船起锚仪式，停在岸边的船上挤满了人。不过，可能因为这个港口不太出名，这里观光游览的人并不多。

小说里的那一天是深秋，金色的太阳随波逐浪，海面上粼粼生辉。我来到这里时，天高云阔，阳光不甚热烈，大概都被云层给遮住了吧。海鸥还在上下翻飞，时不时飞来岸边，敛羽休憩。远远望去，看到了著名的彩虹桥。听说，这里是东京人观赏夜景的绝佳场所之一。不如今晚就在晴海码头观赏夜景吧，我这样想着。

哪些作家及作品对
自己影响最大

众所周知，村上春树受美国文学影响颇大。那么，他究竟喜欢哪些作品及作家，又从他们身上汲取了哪些精华呢？

对我影响比较大的，应该是司各特先生的《了不起的盖茨比》。两年前，我把它翻译成了日文。我 20 岁时，就很想翻译这本书了，但当时我还没有完全做好准备。

——2008 年接受美国《时代》杂志专访

我从十多岁起开始看美国电影，听美国音乐，可以说，我是在美国文化的影响下成长的。上世纪 60 年代是美国的时代。当时，所有人都沉迷于美国文化中。美国文化使我从一个禁锢封闭的社会里解脱出来，并让我懂得要追求自己的梦想。也正因如此，我迟迟没有过多地接触日本文学。三十多岁时，我决定开始写点儿什么。于是，在作品的结构上，自然借雷蒙德·钱德勒、库尔特·冯内古特的东西多一些。

——2011 年接受德国《新闻周刊》采访

虽然村上春树曾坦言，他受到外国作家的影响比较多，但在实际的创作生涯中，他的风格上独树一帜，时时刻刻都在强调其日语文学作家的身份。

我只是借用了别人的框架在编织自己的故事，这只是突出个性的一种手段而已。这种方式可以使我的作品更加有深度，更有自己的特点。但在创作的过程中，我始终都没有忘记自己是一个日本人。这就是属于我自己的风格。

——2001 年接受德国《新闻周刊》采访

我是一个喜欢读书的人。我曾经阅读过许多俄国 19 世纪的文学著作。比如，陀思妥耶夫斯基、托尔斯泰、屠格涅夫、普希金，等等。特别是那种大部头小说，更使我受益匪浅。虽然我喜爱一切文学样式，但最爱的是"丛书"。

我读过的美国文学作品大概可以分为纯娱乐小说、写实主义神秘小说、科幻小说三类。除此之外，我曾经还涉猎过欧洲的法语、英语、德语小说。但我却没有充分了解过日本文学，我也不知道这是怎么回事。我的父母都是学校的老师，小时候他们经常向我推荐一些日本的文学作品，令我非常反感。啊，也许与这一点有关吧。

我可以将自己的读书风格概括为"中立"。我永远不会忘记自己是一个日本人，因此我非常不喜欢别人将我评价为"美国化"作家。因为我首先是以日本读者为受众而创作小说的。

——2003 年接受奥地利《新闻报》采访

也许是因为村上春树作品中对人性的深刻剖析足以超越国界，为全世界所接受，读者们自然而然地很容易忽略他的国籍。因此，在很多采访中，他都反复强调自己是日本人，他是以日本读者作为受众进行创作的。每当日本遭遇天灾人祸，他总是第一时间返回祖国，与同胞共患难，这足以凸显出其强烈的家国情怀。

07. 寻找村上春树的家

 大矶：村上春树的家

　　村上春树在东京郊区有一处住所，就位于神奈川县大矶的半山腰上。

　　大矶是许多艺术家搬离东京后的首选住地。村上曾在此招待过铜版画家大桥步。其中一些趣事，大桥步还写成了文章，收录在一本叫作《アーネ》的杂志里。

　　蜚声国内外的文坛大家的房子会是什么样呢？在那里，我会不会有幸与他相遇呢？

大桥步：日本插画家，曾为村上春树的多部随笔画插图。

• • •

肉桂墨水资料室

FINDING
HARUKI

我早早地从旅馆出发，乘坐 JR 东海线，途经横滨与藤泽两地，到达大矶站。没想到村上春树在大矶搬了好几次家，我之前查到的信息不太准确，因此在路上耽误了一个半小时。虽然是一个失误，但我也因此得以逗留在大矶站南边的滨海小村，欣赏了那里的美景。

画家大桥步曾描述说，站在村上春树房间的窗边，可以看到远处的山脊。于是，我不得不重新返回大矶站，然后沿右侧铁道走了 200 来米，穿过右手边的通道，沿着山脊方向，重新寻找目的地。

大约在几年前，美国《纽约时报》的一名记者"潜伏"在村上春树所在的街区，结果真的碰到了正在慢跑的村上春树，并对他进行了采访。不知道我能否这样幸运？

经过一番折腾，我终于找到了村上春树的房子。房子外表看起来十分朴素，但也透着几分如其主人一般的气度。门牌上刻有"肉桂墨水资料室"字样，完全是村上春树式的语句。

为了能够近距离观察，我特意换到左边行走，以便透过正门看到屋子的内景。不过，近距离去窥探别人的房子，终究是不礼貌的，我也只是大概扫了几眼，便离开了。

这是个安静而又雅致的街区，虽都只是常见的花与树、景与物，却以一种无比和谐的方式组合在一起，使人感到舒心。也许在外人看来，这里住了一个村上春树，就了不得了。但实际上，住在这里的村上春树和我们每个人都一样，过着平凡的日常生活。所以，我希望见到他，又不愿意打扰他——最适合的方式或许是偶遇吧。

突然，前面出现了一个正在慢跑的男子，身着红衣，就在前方斜斜的坡道上。我忍不住心头一惊："不会真碰到村上先生了吧？"

"甜蜜"的船桥屋

FINDING
HARUKI

沿大矶站右手边的大路一直走，到达十字路口后右转，便能看到一条国道。国道旁边就是村上春树在散文中多次提到的船桥屋织江点心店。

船桥屋是日本老牌点心店之一，据说创立于明治时期，起初是一个小食堂，经过 100 多年的发展，如今拥有众多分店。

日本的传统点心中，最有名的要数仙贝和柿种，以及豆沙团子和京都抹茶。仙贝是一种日本米果，形状和大小各异，口味也多样。日本人喜欢用绿茶配仙贝，作为招待客人的休闲小吃。柿种不是柿子做的，而是因其形状酷似柿子的种子而得名。和仙贝一样，柿种也是一种米制点心，通常会搭配花生作为可口的下酒菜。

作为传统老店，船桥屋每天都人气爆满。店里飘着点心的香甜，是个"甜蜜"的地方。

　　玻璃柜中装着五花八门的点心和零食，看得我眼花缭乱、垂涎欲滴。我原本只是想参观一下，但实在是难抵诱惑，最后买了一些柿种，每种口味都有，作为礼品带回了韩国。后来将点心分给亲朋好友时，我还不忘跟他们介绍，说这是村上先生喜欢的美食，大家都赞不绝口。

船桥屋织江点心店（已于 2020 年 12 月闭店）
地址：神奈川县中郡大矶街大矶 1035 号
路线：距大矶站出口向南 300 米
营业时间：08：30—18：30（每周日休息）

● ● ●
片濑西滨海水浴场
和火奴鲁鲁饭店

FINDING
HARUKI

　　返回东京的路上，我路过藤泽。20 世纪 80 年代初，村上春树就是在这里决定成为专职作家，并创作出小说《世界尽头与冷酷仙境》。当年的村上春树偶尔会来片濑西滨海边散散步，甚至尝试冲浪。

　　村上说过："冲浪是一项挑战极限的运动。它不仅要求人怀揣一颗正直的心，还可以使人充分认识到自我的存在。"导演新海诚（村上春树的书迷）将这番话引用在其影视作品《秒速 5 厘米》中，作为主人公冲浪时的内心独白。

　　片濑西滨海水浴场既是冲浪爱好者们的乐园，也是避暑休闲的好地方。每逢盛夏，这里总是人头攒动，热闹非常。我到达时还是 4 月，虽然人不太多，但沙滩上停了很多自行车。有人跑步，有人玩水，活力十足。

那天的海分外美丽。天空纤尘不染，远远望去，海天相接，闪耀着宝石般的晶蓝色。我在沙滩上走走停停，累了就坐一会儿，无比惬意。

结束了海边漫步，我坐车到达火奴鲁鲁饭店，正巧赶上它开门营业。这家店每天只营业 3 小时，因此把握时间很重要。店里只有老板夫妇二人，一人烹调，一人跑堂。我点了店里的招牌菜——炸海鲜盖饭，饕餮而尽。

正如村上春树所写，这家店是冲浪爱好者的美食天堂。如果沙滩游玩之后，能在物美价廉的饭店里饱餐一顿，喝上一罐爽口的啤酒，足以令人心满意足。

• • •

"独善其身"与"兼济天下"

　　如果想要彻底读懂村上春树，不妨先从理解这两个词着手。村上春树初入文坛时，作品一直瞄准"小我"，或热衷于个人情感，或着力于自我疗伤。然而，在1995年阪神大地震和东京地铁毒气事件发生后，村上春树开始关注社会问题，从"小我"世界，慢慢转向"大我"世界。从《地下》开始，村上春树的写作风格开始变化。他试图通过文学作品，反映社会的种种不合理现象，并讨论解决方案。《地下》是村上春树撰写的一部报告文学，收录了1995年东京地铁毒气事件受害人的亲身经历与感受，是典型的现实主义题材作品。

　　《海边的卡夫卡》中提到了毫无根据的、不合道理的暴力；《1Q84》中尖锐地指出，所谓的"先驱"，不过就是束缚人性、压抑人性的团体组织；在耶路撒冷奖的颁奖仪式上，村上无情地批判了以色列对巴勒斯坦的进攻，称其为"鸡蛋碰石头"；在西班牙加泰罗尼亚奖的颁奖仪式上，他再次语出惊人，不留情面地批判了日本政府的核政策，并称"地狱之门"已经向人们敞开。

如果说村上春树早期的作品充满了"独善其身"的出世思想，那么，经历过阪神大地震、地铁恐怖事件、"9·11"事件后的村上春树，则是积极地入世，转变为"兼济天下"。因此，我想，今后的村上春树，不仅会继续进行文学创作，还会更积极地参与社会活动，关注社会问题。

{ **Finding Haruki**
东京
一日游推荐路线 }

1. 村上春树青年时代的东京生活

从早稻田大学到和敬塾宿舍，再到神保町旧书市场，沿着这条路线，足以使你了解二十多岁时的村上春树。

`上 午`　　•　　　　•　　`下 午`　•

早大户山校区

村上春树在这里度过了大学时代。

和敬塾宿舍

村上春树大学伊始居住过的宿舍。

三省堂书店

村上春树经常光顾的书店。

2. 青年时代的村上春树

这条路线需要乘坐 JR 中央线。从第一家 PETER CAT 所在的国分寺，到井之头公园，然后是第二家 PETER CAT，再到明治神宫球场，可以充分了解青年村上的活力与热情。

上 午

国分寺 PETER CAT

村上春树的第一家酒吧。

井之头公园

《斯普特尼克恋人》的主人公堇最喜欢的长椅。

下 午

千驮谷

村上春树的第二家酒吧所在地。

明治神宫球场

"东京养乐多燕子"队主场。

3. 天吾与青豆的约会

让我们和天吾、青豆一起，漫步在东京街头吧。睡一个懒觉，不用起得太早，从四谷站步行到驹込站，在小松庵吃面，最后向新宿方向前进，在 DUG 酒吧里品味伏特加的香醇。

四谷—驹込

青豆与天吾散步的路线。

小松庵面馆

青豆与天吾约会后，在这里共进晚餐。

DUG 酒吧

天吾与青豆在此相遇。

4. 寻找《1Q84》的世界

　　不管是站在首都高速的应急楼梯上，还是走在高丹寺中央公园里，每一位村上春树的书迷都会感慨万千。上午乘火车游览千仓站，由三轩茶屋步行至涩谷，在途中寻找 3 号公路旁的紧急楼梯，最后乘坐中央线列车，寻找高丹寺中央公园，也是非常不错的选择。

上 午 · **下 午** · ·

千仓站

天吾父亲住过的医院所在地。

首都高速的紧急楼梯

《1Q84》故事开始的地方。

高丹寺中央公园

天吾与青豆重逢的地方。

Part

5

冰雪世界　　村上春树
　　　　　　むらかみはるき

北海道是日本除本岛之外最大的岛,气候凉爽宜人,是日本人度假休养的首选之地。夏天可避暑,冬天可观赏冰雪美景。村上春树的《寻羊冒险记》和《舞!舞!舞!》都是以北海道为背景创作的。

《寻羊冒险记》中,主人公"我"收到已经死去的朋友——"鼠"的来信,从而踏上一段寻找羊男的历程,最终在松山农场找到了羊男。

《舞!舞!舞!》中涉及日本札幌、东京以及美国夏威夷多地,内容生动有趣。优雅迷人的电影明星自杀而死,而刚刚离婚的中年男人"我"又被控谋杀,这样悬疑惊险的设置使人拍案叫绝。

不知北海道是怎样的风光,又会带来怎样的感动?

1 东京—新青森—函馆的车票

2 罐装咖啡给了我前进的能量

3 透过车窗看到傍晚的大海

4 备受村上盛赞的列车便当与啤酒

5 俯瞰函馆夜景

01. 从东京到北海道函馆

 寻找羊男的旅程

　　在寻找村上春树的旅程中，我收获了满满的感动，也在独自行走中，爱上了寻访——发现——品味的过程。每每离开，总是不舍，但我知道，离开是为了更好的相遇。

　　从东京乘坐新干线，在青森站的换乘，列车一路奔驰，带我来到了美丽的北海道。第一站是函馆，它是日本历史上最早开埠之地。整个城市充满了异国风情，保留了旧英国领事馆、唐人馆、希腊东正教教堂等建筑。

　　第一天安排在函馆，主要是为了观赏世界三大夜景之一的北海道夜景。果然名不虚传！到了晚上，细长的街道上街灯闪耀，渔船上油灯点点，在天与海织成的夜之黑毯上，如宝石般熠熠生辉。后来听说，如果有幸在夜景中看到文字"喜欢"和"心"，就能收获幸福。

　　第二天，我乘坐特等列车前往札幌。村上春树曾对那里的列车便当赞不绝口。窗外风景如画，我吃完可口的便当，靠在椅背上小憩，不知不觉进入了梦乡。直到列车减速，我才醒过来。

　　村上春树对北海道应该有着不一般的感情，早期的几部作品中都出现了这里。而最近创作的短篇小说《驾驶我的车》也以北海道为背景，讲述了一位驾驶员因为将烟头扔在了中顿别村，遭到了村民抗议的故事。

　　除了作品，村上还因马拉松运动与北海道结缘。北海道一直是全球马拉松爱好者的终极挑战之地。村上曾在北海道纹别市举办的超级马拉松比赛中跑出了 49.195 公里的成绩。

• • •

札幌 NOBOTELL 酒店

FINDING
HARUKI

在《寻羊冒险记》中，主人公找到羊男后，便留在了海豚宾馆。小说中的海豚宾馆，建在札幌城市规划中一块饱受非议的土地上（村上春树可能通过记者朋友了解到这个内幕）。没有常见的霓虹灯，没有招牌，按村上的话说，"没有一点个性可言""如一个巨型火柴盒倒置一样呆板"。实际上，这里是一座名叫札幌 NOBOTELL 的酒店。和村上同感，这座建筑在灰黑的天幕中，显得无比平凡，没有什么特殊之处，倒是让我觉得找对了地方。太过平凡，也是一种不容忽视的特点啊。

我没打算在这里住宿，简单看过后，就继续往札幌站方向走。在薄野车站遇到一家名叫"成吉思汗"的烤羊肉店。这家店会给顾客每人一个小烤炉，烤炉会提示顾客烤肉的生熟程度，很有意思。烤肉配上白米饭，还有泡菜，就像吃到了家乡的味道。作为一个喜爱美食之人，吃到了如此美味的烤肉，感觉人生也似乎也得到了升华。

成吉思汗烤肉店（总店）

地址：北海道札幌市中央区南5条西4

位置：距薄野站步行7分钟

营业时间：17: 00—3: 00

●●●

寂静的松山农场

FINDING
HARUKI

　　羊男所在的松山农场是北海道之旅的最后一站。羊男贯穿了村上春树的早期三部曲，而他的消失，就像村上对自己许下的愿望。彼时的他，热切地改变自己，改变原有的生活方式，最后成功地从开酒吧变到专职写作，顺利完成了人生的蜕变。松山农场可以说是他改变的开端。而对于我，这个农场也有着相似的意义。二十余天的旅行即将结束，我将从这里开始，以全新的心境面对未来。

　　松山农场在北海道中部的美深。我从札幌站乘车，大约 3 小时后到达。出发前，我在美仕唐纳滋里买了一份甜甜圈和咖啡，打算在路上享用。只是一想到《羊男的圣诞节》里，村上春树让羊男在平安夜吃了甜甜圈，结果就遭到了诅咒，我就忍俊不禁。一个甜甜圈竟然有这么大的魔力？我一定要快点儿找到羊男，看能不能帮他解开身上的诅咒。

从美深站下车后，我租了辆车。一路上，竟有种入冬的错觉。天气不错，有些碎云零零散散地飘在蓝天中，而入目皆是洁白的雪景。路上车不多，我得以一边开车，一边欣赏美景。北海道的4月，竟然是这样的冬日雪景，真让人惊奇。途中经过了书里提过的仁宇布车站，不过现在已经弃用，转作仓库了。过了车站前的十字路口，再稍稍行驶一会儿，就看到了松山农场。不过这里规定，只有每年的6月到10月才能进入，因此，没能细细地游览一番。我决定，将来有合适的时机，再来一次"寻羊两日游"。

离开松山农场后，我便要回到韩国，开始新的生活。

相信我所敬重的村上春树，也会继续秉持他一贯的风骨与个性，将人生之信仰融汇于笔下的一字一句中。这种信仰，或许是《1Q84》里的爱，或许是《没有色彩的多崎作和他的巡礼之年》中的自由。若为生之尊严，无论哪种，我们都要穷极一生，努力践行。

旅行手记

　　在日本的这些天，基本上每天都要喝上一罐啤酒，似乎只有这样，才能在整理完一天的行程之后安然入睡。当然，喝酒并不是为了安眠，只是觉得这一趟"寻找村上春树"之旅，应该搭配甘甜微涩的啤酒，才是正宗的"村上味道"。如今，连回忆似乎也染上了酒香，初尝清新自然，细品之后却又绵紧浓厚，一如村上先生带给我的感受。

　　旅行初期，我经常问自己：这趟旅行的意义在哪里？找不到答案时，感到负担重重。也有很多人表达过相似的疑惑，比如说就算看到村上春树的旧居，又有什么特殊意义呢？房子终究只是房子。但在旅行的途中，疑惑渐渐解开了。世上有很多事，无法强求意义。如果一趟开心的旅行，不因物质上的所得而有意义，必因精神上的收获而被铭记。我去看的某些地方，对于普通游客来说，甚至都算不上景点，但对我而言，却不同寻常。景物于我，只是一个用来追寻自我的凭借罢了。

　　旅行即将结束，翻阅起之前的手记，回忆一路上的所见所闻，心头所感，正如啤酒入口时的香醇，令人回味无穷。

音乐与写作

　　音乐犹如村上春树的第二生命。从古典音乐到爵士摇滚，他从不"挑食"。清晨起床，与古典音乐为伴；慢跑锻炼时，与摇滚乐为伴；晚上品尝红酒时，则与爵士乐为伴。音乐为何如此深受这位文学大家的青睐呢？

　　我每天早晨都会听一会儿古典音乐。前一晚睡前，我会将第二天要听的唱片找出来。所以，我其实是无意间听到了这首钢琴曲。我一直觉得唱片比 CD 更能衬托音乐本身的表现力，这其中的奥秘，虽然我也说不太清楚。但毫无疑问，音乐给予了我工作的动力。因为我钟爱爵士乐，而爵士乐里强有力的节奏，也被我融入写作中，使行文也有律动感。虽然我自学过一些小说的写作手法，但我还是觉得将节奏与写作结合在一起，对我来说也许是最适合的。

——2013 年 5 月在京都大学工学院接受采访

那么，如此偏爱音乐的村上春树，会不会听着音乐进行创作呢？

写小说时，我不听音乐，因为脑子会乱掉。但在创作散文或者翻译国外作品时，我会听音乐。

——2013 年在哈佛大学接受采访

音乐与村上春树的创作之间，究竟有着怎样微妙的联系？

在我看来，无论是舞蹈还是魔术，目的都是为了令观众满意，二者的效果完全相同。所以，我在创作小说时，会选择我认为恰当的方式，向读者们传达我的想法，这就好比和着拍子跳舞一样。速度非常重要。

我并不希望读者们能够完美诠释我作品中的每一处隐喻和象征意义。比如，在现场听爵士乐演唱会，观众们会情不自禁地跟着节奏摇摆起来。我希望各位在阅读我的作品时，也能达到这种状态。

所以，我把作品中的一字一句，按照节拍，有序地排列，最后串成旋律，展现在读者面前，这便是我作品中最出彩的部分了。

——2007 年接受阿根廷《民族报》采访

其实几乎所有关于写作的知识，都来源于音乐。这种理论听起来虽然荒谬，但对于深爱音乐的我来说，却是难以推翻的事实。我想，今后的三十年里，我仍然会不断地从音乐中汲取养分，学习新的写作手法。

查理·帕克反复演奏的手法与司各特柔美的散文风格，对我的创作产生了巨大的影响。后来，迈尔斯·戴维斯的音乐，成为我勇于推陈出新，开辟新的写作风格的一个契机。

——2008 年向《纽约时报》投稿的一篇文章
《我是如何成为小说家的》

村上春树最欣赏哪位音乐家？喜欢流行、摇滚、爵士、古典音乐的村上春树，又是如何看待日本音乐呢？

最喜欢的音乐家太多了，不知道该选谁。如果听现场的话，应该是鲍勃·马利。如果说日本音乐家，我比较喜欢三位——菅止戈男、大西顺子，剩下的一位应该是小泽征尔（著名指挥家），不过他应该不算音乐家吧？

——2012 年接受日本文化类杂志《达芬奇》采访

村上春树最近喜欢什么样的音乐呢？

早晨我一般会听古典音乐，晚上听爵士。不过我最近有个想法，想在曾经生活的地方，再开一家爵士乐酒吧。

——2014 年接受荷兰日刊《NRC》采访

Finding Haruki
北海道
一日推荐游路线

如果想去北海道寻找村上春树的踪迹，最好选在 6—10 月之间。只有这段时间内，才能进入松山农场。

上午   **下午**

札幌—美深

寻找松山农场的途中，也能遇见很多风景。

松山农场

羊男生活的地方。

后记

　　一个人，24 天，行走于异国他乡，亲自领略村上笔下那些奇妙魔幻的地方，看他看过的风景，感觉生命被塞得满满的。 旅行结束后的一年里，我整理了手记和照片，并从 2013 年 4 月起在博客上连续更文，和众多村上迷分享这一路的心情。 每次更文，都能收获许多赞，这让我无比欣慰。

　　因为村上春树，我才开始了这次旅行，而这又给我带来了不少机遇和缘分。 我不仅在两本与村上春树有关的杂志上发表了文章，还有幸通过 SNS 结识了同为村上迷的韩国作家林庆贤。

　　其实一直以来，我都在坚持翻译国外媒体采访村上春树的新闻稿，并发布在博客上，以飨他人。 我的努力虽微不足道，但如果能为韩国的村上迷们提供哪怕一点点的帮助，我就心满意足了。 这也是我出版这本书的原因。

　　一位经常访问我博客的网友曾对我说，他还想读一些由我翻译的其他采访稿，这令我十分感动。 只有真心喜欢村上春树和他的作品，才会这么热切地希望知道他的消息吧。

　　2010 年，村上获得西班牙"加泰罗尼亚国际奖"时，我用了一整晚，将他的获奖感言翻译成韩文，并先于韩国各大媒体，登载到我的博客主页上。今后，我还会不遗余力地坚持这项工作。对那些热心支持鼓励我的网友，我深表谢意。

　　感激之余，我还想再做些什么，以回报众多热心网友。我在文中提过，我想举办一届村上春树马拉松大赛。如果能够顺利举行，希望喜欢村上春树的各位朋友都能参加，共享盛会。眼下，我正在筹办一家摆满村上先生作品的咖啡厅，希望有一天能在小店中亲自招待村上先生本人。

　　写到这里，我想再次向支持我的热心朋友道一声感谢，并把这本书献给曾经梦想成为一名漫画家的父亲、独居的母亲，以及我的弟弟 MAY。我爱你们。

Finding Haruki